拜訪壞人

——一個文學人的時事傳說

顏敏如　著

伯利恆

招待所

聖殿山

猶太人的哭牆

伯利恆隔離牆

推薦序

回歸現實——《拜訪壞人》

以色列老英雄沙龍的親密私人顧問烏瑞・丹在《阿里爾・沙龍：近距離寫真》一書的序言中說：「在以色列，創造歷史比撰寫歷史容易。」的確，在別處想進入史冊的人往往費盡九牛二虎之力而無法成功，而在以色列，好像無論做什麼，一個不小心就有可能丹青留名，乃至於在某種程度上改變人類歷史的發展進程，或者至少被人說成這樣。

毫無疑問，當我們談論「歷史」的時候，我們所談論的並不只是發生的事件，我們所談論的是人們對這些事件的關注、記憶和敘述。因此，「創造歷史」和「撰寫歷史」在本質上並沒有什麼不同。「創造歷史」之所以容易，很大程度上恰恰是因為「撰寫歷史」不那麼困難。這塊土地似乎有一種神奇的放大效果：本來是塊彈丸之地，卻不成比例地受到整個世界無窮無盡的關注；本來是影響有限的本地事件，卻無緣無故引起各方巨大的反響和回應；本來是可以時過境遷的陳年老賬，卻無休無止地被人翻出來清理結算。正如馬克・吐溫筆下描述的約旦河：在以色列，那條河不過九十英里長，百老匯馬路那麼寬而已；然而萬里之外，在美國主日學校的教育下，他從童年起的印象就是那條河至少四千英里長、三十五英里寬。因此，寫以色列，無論你採取什麼體裁，歷史也好，新聞也好，紀實文學也好，歸根結底都比別處更有可能成為歷史的一部分，更有可能引人關注，即使你以為你所撰寫的是生活小事。

「容易受到關注」、「容易遇到有歷史意義的焦點問題」，這是寫作以色列題材的優勢，但這優勢也就到此為止，剩下的全是挑戰。這挑戰當然有來自題材本身的問題，比如，以色列歷史文化的多樣性和複雜性、以色列宗教問題的艱深性和敏感性、以色列與猶太思維方式的獨特性，等等。然而更大的挑戰則來自寫作者自身，具體來說，這種挑戰體現在三個方面：

第一、立場問題。對大多數人而言，以巴問題其實是個難度很高的話題——很少有人到當地真正考察過那裡的情況，很少有人認真讀過猶太與阿拉伯文明的典籍資料，也很少有人認真研究過那裡的現代歷史。然而很多人談起這個話題來卻往往慷慨激昂，滔滔不絕。我曾經遇到一位先生大談以色列如何不民主，沒有巴勒斯坦人的投票權，等等。交流了幾句才明白，他根本不知道以色列境內住著一百多萬擁有以色列國籍的巴勒斯坦人，享有跟猶太人一樣的所有民主權利。他以為只有約旦河西岸與迦沙地帶才有巴勒斯坦人。這個例子在很大程度上代表了以巴問題的窘境：什麼都缺，唯獨不缺少立場；而且習慣於用立場代替一切，站在權力話語所預設的立場上高談闊論，聽起來頭頭是道，其實跟以巴之間的現實沒什麼關係。

第二、標籤問題。這個問題跟第一個問題有聯繫，但涉及的範圍卻更大，不僅普通不明真相者常常深陷其中，很多住在當地的新聞或專業人士往往也不能倖免，連累很多媒體對當地情況的報導被標籤遮蓋了真相。以巴問題常見的標籤有「侵略」、「佔領」、「屠殺」、「難民」、「恐怖主義」、「美國偏袒」等等。標籤的問題在於它們簡化了以巴衝突現實裡紛繁複雜的關係，給旁人帶上有色眼鏡，而且嚴重限制了人們在這個問題上的思考能力。幾年前，我跟一位學者辯論「黑九月事件」問題，他舉出了當年約旦國王侯賽因通過英國向以色列、美國求援的事情，以此來證明黑九月事件跟美國的關係。隨後他就免戰牌高掛，拒絕再討論下去。按照他的邏輯，「美國」是個壞標籤，一旦把這個標籤給侯賽因貼上，事情就結束了，就沒必要再討論下去了。所以侯賽因聽任巴勒斯坦恐怖組織和敘利亞侵略軍蹂躪自己的國家是對的，因為那兩個國家跟美國沒有聯繫；而他聯合美國、以色列保衛自己的國家則是錯的，因為美國是一個壞標籤。這是一個標籤阻斷了人們的思考能力的典型例子，當然這個例子裡的問題比較外露，但實際上，很多有關以巴問題的言論或報導都不同層次地存在這樣的標籤限制思維的問題。

第三、喪失公正和公平。普通人按照自己的立場發表自己的言論並沒有什麼大錯，因此我們這裡所講的是媒體的問題。美國新聞學重鎮學者利昂・納爾孫・弗林特在《報紙的良知》一書中曾指出「有時候，主編會覺得報紙是他個人的財產，他覺得怎麼合適就可以怎麼幹，用來散佈符合他的觀點的宣傳，用來傳遞他認為公眾應該接受的半真半假的資訊和被歪曲的事實，這樣的態度和不懂生意一樣缺乏專業素養……在報紙與公眾的所有關係中都需要對公正和公平有充分認識。」這種新聞媒體必須遵守的「公正和公平」，即使是在一般的新聞報導中也很難做得完滿，在以巴衝突這樣充滿了權力話語的問題上，自然就更難實現。問題在於，很多媒體從業人員在其他問題上尚能對公正和公平有所認識，碰上以巴問題就順理成章地站到了「受壓迫者」、「弱者」的標籤一邊，其報導也就成為一種宣傳，而且不認為有什麼不對。早就有人指出媒體即使是在最細微的辭彙選擇方面也不能保持公正，比如，以色列平民被恐怖分子炸死，便被說成是「以色列人」，如果是士兵則一定要說是「以色列軍人」；而巴勒斯坦人如果被炸死則被稱為「巴勒斯坦平民」，未成年則稱「巴勒斯坦兒童」，無論是否參加恐怖組織的活動。一個比辭彙選擇更嚴重的情況是進行「反社會」或者「反人類」的報導，比如美國有線電視新聞網（CNN）幾年前在耶路撒冷發生恐怖炸彈襲擊之後，不去採訪遇難者的家屬，卻渲染恐怖分子的家庭和他的「事蹟」。利昂．納爾孫．弗林特在分析某家報紙報導一場死刑判決後罪犯宣稱「我準備好了，我不怕死」時指出，這樣的報導是「反社會」的，因為它把「不怕死」這樣的積極價值觀賦予了罪犯，使其成為一種可以模仿的對象。如果這樣的報導是「反社會的」，那麼美國有線電視新聞網（CNN）那樣的報導顯然是在鼓勵恐怖主義的發展，毫無疑問也是「反社會」的。

需要指出的是，這種大規模地，因為弱者標籤而偏袒巴勒斯坦恐怖組織的做法，在很多媒體中成為一種慣例，使得類似哈馬斯這樣的恐怖組織已經把媒體看成是恐怖襲擊的工具之一。他們用恐怖襲擊來招引以色列的打擊，把在打擊中死亡的婦女兒童照片傳給媒體，以此造成譴責以色列的聲勢，為自己撈取好處。此外，類似半島電視臺這樣把恐怖主義者當作英雄來宣傳的做法也明顯地引起了巴勒斯坦青少年的模仿。二〇〇七年六月，當恐怖分子們在迦沙地帶把屠刀架上自己骨肉同胞的脖子時，巴勒斯坦詩人達爾維什便憤怒地譴責這些恐怖分子「只信仰一種宗教：他們自己在電視上的形象」。由此可見，很多媒體在以巴問題的報導上不但做不到公平與公正，甚至連自己旁觀者的地位都保持不住，實際上成了促成暴力活動的一方，從而喪失了新聞媒體所應具有的最起碼的良知和道義。在以巴問題上，新聞報導的良知和道義應該類似於報導反社會新聞時的準則——不僅要做到真實準確，而且要注意自己沒在煽動或幫助暴力。

正是在這樣一種充滿挑戰的背景下，顏敏如女士的這部《拜訪壞人》顯示出了其不同尋常的探索精神和豐碩的成就。

定位於「傳說時事」的「文學人」，敏如對於很多媒體在以巴問題上的偏頗和失誤有著清楚的認識，她在書中借著朋友G的口描述道：

「媒體大量報導以巴紛爭，卻少有其他受壓迫民族的消息，因為以色列是個民主國家，西方記者容易生存，也因為長期以來，這些記者落入了『加害者、受害者』的圈套，沿著這條主軸分析，以『以色列強佔土地，造成巴勒斯坦人生活痛苦』的角度觀看每個事件……」

雖然是引用朋友的話，但是敏如對於這些問題的認識程度顯然不比她的朋友低。因此，她在作品中採用了三個策略來維持敘述的公正性和公平性。

第一個策略是深入現場，從當地人的口中去瞭解現實的真相。作為一個不在當地長期居住的作者，敏如兩次前往以色列的旅行可以被看做是她努力擺脫自身立場干擾，而讓事實自己說話的努力的一部分。從書中我們也可以看到敏如的這些旅行並非遊覽式的走馬觀花，而是深入到當地的人群當中、生活之中，從她與當地人的交往當中去瞭解那些不可能從書本或媒體上瞭解的真實。有了這個策略的實施，應付第一個挑戰的成功就有了基礎。

第二個策略是儘量避免讓自己的感覺影響文本的敘述，而把敘述權交給當地人，交給作品裡的那些人物。整部著作中我們可以感覺到敏如的語調是平穩而沉靜的，很少渲染個人感情色彩，雖然在以色列這樣特殊的國度裡會遇到特殊的情況，也會必然有感情上的反射，但我們可以看出作者壓抑和淡化這種感情的痕跡。比如她描寫在Sde Dov機場遭遇安全檢查人員不近情理的苛刻對待時，儘管我們能在字裡行間體會出她的憤怒和不滿，但她並沒有去宣洩自己的感情，而是保持了敘事的平穩和冷靜，讓自己和安全人員的對話來說明一切。而在隨後描述她在基布茲（集體農場）的參觀時，我們幾乎感覺不到她片刻之前那種遭遇帶給她的情緒，中心仍然是她的朋友的介紹，直到在隨後一段跟朋友通話的記錄中，我們才看到一點「怨而不怒」的感情表達。這樣一種寫作策略的運用當然不是說作者對於所發生的一切沒有看法，也不是說這種看法不能從文中表露出來。但是有一點是確定的，當敘述的主體是當地被採訪對象而不是作者本人的時候，作者為她的事件貼標籤的可能性便大大降低了。讀者可以不同意，但他的思維自由並未受到限制。

第三個策略是保持敘述者的多元化和平衡感。在整部作品中，我們可以看到敏如盡可能讓她的人物多樣化的努力。我們聽到以色列中間派民族主義者的評論，我們也聽到極左翼活動家對政府的嚴厲批評和譴責，我們甚至還聽到巴勒斯坦人的聲音。當然，我們沒聽到極端暴力分子，無論是來自巴勒斯坦還是來自以色列的暴力分子的煽動和宣傳。從上文所說的新聞的良知與道義問題的角度看，這是一種恰到好處的處理，既保持了現實的多樣性狀態，又沒讓自己成為反社會活動的工具。

這第三種策略其實可以看作敏如自己所講的一種特殊寫作方法的實現。她在前言中說：

「在寫作期間，心裡不斷有個聲音推翻、反駁自己，其實是種想像中的沙盤演練。常問自己的是，如果讀者對某一點提出攻擊時，必須如何回應。」

在某種意義上，敏如筆下敘事者的多元性可以被看做是這種作者內心沙盤演練在人物身上的外化表現。「我」跟讀者之間的辯論轉化成了人物之間的對抗，而公正與公平便在這種對抗中得以保存。在這裡，我們甚至可以說在以巴問題上，新聞記者或作者的良知和道義感不是由他們的自信來保證的，而恰恰是以這種對自身的懷疑精神和盤詰手段為基礎的。

描寫以色列生活和現實的書籍今天已經不少，零散的文章就更多，但是絕大多數的作者基本上只關心自己要寫的內容和觀點，想方設法用自己的看法去影響讀者。敏如是在這個題材方面少見的不僅問自己寫什麼，而且問自己怎麼寫的作者。在她的前言裡，你可以看到她是怎樣認真地思考這個問題，並苦心尋找答案的。我們也可以從她對阿富汗問題的獨特觀察角度和敘述手段上看出她的探求精神。考慮到以巴和中東問題的特殊狀況，可以說在這裡「怎麼寫」的重要性甚至壓倒「寫什麼」，敏如抓住了這個問題，思考了這個問題，並成功地處理了這個問題。這是敏如的這部書中最讓我感到有價值的地方。

張平
二〇〇九年七月二十六日
於特拉維夫

註：張平，一九六三年出生。先後求學於北京大學、耶路撒冷希伯來大學和特拉維夫大學；先後執教於北京大學、耶路撒冷希伯來大學，現執教於特拉維夫大學東亞學系。從一九九三年起在以色列居住，主要從事猶太教、比較哲學和現代以色列歷史的研究工作。

自序

新聞題材與文學創作的互動

【二〇〇七年第七屆歐華作協年會專題演講內容】

（這書承載了二十一世紀開始後，我個人的部份書寫內容。以彼此不連貫的五個篇章，分別記述阿富汗與以色列兩個國家，原本就不是計劃之內的工作；寫作某一篇的當時也並不知道其他的文字會在什麼時候，以什麼形態出現；讀者若能按著書裡的排列次序逐一展閱，應該可以從某個特定的角度，對這兩個國家有更系統性的了解。然而，時事是以多變面貌往前推移的歷史，這書裡的內容自然屬於早已逝去的舊聞，如果今日寫來，可能又有不同的切入點與觀察心得。也因此，讀者若以評是非、論道德的心態閱讀，恐怕會經驗到不必要的失望。我選擇以文學手法書寫時事，是一種企圖提供大部份對國際關係缺乏興趣的台灣人，能有一不同方式接觸島外事務的舉措；而以這篇演講內容做為本書的序文應該是恰當的，因為它解釋了另一種文字組合的特殊狀況。）

＊　＊　＊

大約在我們來到布拉格的兩個禮拜前，副會長朱文輝先生囑我在會中談談自己的，也或許是較少人有的寫作經驗。他所給的題目是「新聞題材與文學創作的互動」。接到消息時，第一個感覺是，驚訝於朱副會長怎麼會要我談這個題目；第二個感覺是，很謝謝朱先生注意到這個在書寫上，把新聞和文學結合的較特殊情況。

新聞與文學寫作的不同

新聞寫作和文學寫作，乍看之下，互為矛盾。新聞書寫講求精、簡、準，必須在最短的時間內，以最少的字數，寫出最多的訊息：也就是講求時效、客觀、理性、正確反映現況；記者必須保持冷靜，與事件本身保持距離，嚴禁在事件上充當編劇、導演（這在台灣特別興盛，路透社也有），而誤導群眾、影響輿論，甚至左右政策。也因此，在新聞領域裡，從文字進入內容時，必須十分小心，讀者應該具備某種程度的知識與常識，才能判斷所讀到消息的可信度。文學則是主觀、感性的，是情感先行、營造氣氛，在如真似幻當中幽然浮顯所要傳遞的訊息。文學要求作者有感同身受的能力，必須先感動自己，寫出來的文字才能感動別人；必須能將讀者帶入一個事件本身，讓讀者有如親身經歷，與真實或編造的人物出生入死、同欣同泣。所以，在文學領域，以文字進入內容是準備接受一場偉大、一場不平凡，也正是讀者所需要的、所期待的。新聞與文學在處理同一事件時，其角度、重點往往大相逕庭。以戰爭為例，記者報導事情發生的原因、過程與結果（死亡數字似乎也很重要）。文學雖然也免不了對這些有所指涉，牽連的層面卻更加寬廣，重要的是處理事件期間與之後的家破人亡、顛沛流離、心靈創傷以及對後世的正面與負面影響。

根據上述粗略劃分，新聞是理性、客觀，文學是感性而主觀的。不論新聞或文學，既然都是以文字表達與傳輸，文字的製造者就是訊息能否成功傳達的關鍵了。

記者的類別

先談新聞的傳播人，記者。記者有兩種，一種是「背包記者」，去到現場，直接接觸、觀察並做客觀反映。依媒體性質的不同，有時攝影記者與文字記者同行（平面媒體），有些也錄製聲音（收音機）或實況轉播影像（電視）。這些人往往生活顛倒，三餐不定，有時在槍林彈雨裡穿梭，有時必須與屍體為伍。採訪暴動時，有經驗的，知道何時避開危險。這種現場或背包記者，容易被綁架或招來殺身之禍。

三月份以來鬧得風風雨雨的BBC記者Allan Johnston被巴勒斯坦民兵綁架勒索的事件，算是較受到關注的一例。瑞士德語區一名週刊記者在哥倫比亞和政府軍同行，目的是掃蕩毒品販子的製造基地。他們所要去的「加工廠」得到密報，人員逃走，軍隊只能焚燒煉製古柯鹼的器具。有時他們必須走一整天，不吃、不喝、不休息，卻毫無所獲。另外有一組文字和攝影記者，他們已有了塔里班的「行動手冊」，想更進一步從塔里班內部報導，卻在喀布爾南方沙漠地帶遭塔里班綁架，證件、手錶、現金、攝影器材全被收刮，被命下跪，雙手反綁，差點死得不明不白。

背包記者的現場採訪，往往可以經驗到與一般主流報導不同的真實層面。有個例子：丹麥漫畫事件所引發穆斯林激烈抗議時，有個荷蘭記者在巴基斯坦參加「打倒西方」的示威，他混在群眾裡，一個激動的穆斯林不小心踩到他的腳時，卻立刻說sorry、sorry。試想，在一個反西方的遊行隊伍，不但允許西方人參加，更向西方人道歉！我們可以問的是，這些人到底是真反西方，還是被徵召去抗爭？有時候，群眾真正的心態，必須在現場才能清楚知道。

另種是「書桌記者」。他們較像是做學問的學者，搜集資料、分析、研判並對時事加以評論。「背包記者」與「書桌記者」兩者相依共存，缺一不可。「書桌記者」根據「背包記者」的資料，做成檔案，充實評論；也可依自己的判斷，請「背包記者」在現場加以證實。瑞士的新蘇黎世日報就有如此的配套；駐外記者的現場報導刊登在頭版時，在同一天的國際版內，就有和頭條新聞相關的評論員做分析；如此一來，讀者便可以對該事件有更清楚的認識。而持久性的新聞題材，由於要處理的事件範圍龐大複雜，更需要增加歷史學家或國際有關單位、機構的資訊，才能掌握得了，才能避免見樹不見林的尷尬與錯誤。

我如何面對兩種對立的書寫形態卻又融合為一

由於我本身對時事有極大的興趣，不得不去留意每天發生在各地的事情，也儘可能讓自己暴露在新聞領域裡；另一方面又對文學無法忘情、不能割捨。或許就在理性、感性這兩種力量相互撞擊拉扯，卻又牢牢纏繞、綑綁在我內心的結果，就產生了一種難以定位的寫作體裁；既不是時評，也不是感懷，更與遊記無關。雖然是散文、小說形式的呈現，讀者卻又可以立刻察覺內容是新聞事件的延伸。

拿新聞題材以文學手法來寫，往往會被認為是報導文學。報導文學裡的人、事、物都必須是真實的，是種對事件的特定擷取，作者也有其特定的立場；也就是，如果寫作者判定某件事情是對是錯，他下筆的方向就會依照判斷去尋找支持的理由或論據。比方，對台灣草蝦養殖造成地層下陷，以及拆船業者苛刻工作人員做出批判；或表揚某個外籍神職人員數十年默默為地方做出貢獻，所寫就的，較感性而訴諸人心的文字，即是報導文學。

可是文學創作就真假難分了。我不是寫報導文學，而是以新聞做為文學的題材。我常常在別人問「妳寫些什麼？」的時候，不知道自己是誰。因為，只要一提出「以文學手法處理新聞事件」，提問者立刻想成是報導文學，在這種情況下，我真是百口莫辯。

文學必須創造人物、對話，注意到結構、佈局、語言，也就是氣氛營造。作者所要呈現的「調性」，有如作曲者，究竟要以G小調還是F大調寫曲子，究竟是以Andante（緩慢）、Allegro（活潑），還是以Prestissimo（快速）來表現主題與變奏，下筆前心理上都必須事先有底。文學是虛擬造假、是去蕪存菁（除非有意描述桌旁地上的垃圾桶，否則通常只寫花瓶裡的花或看花的心境），是把不需要的枝節去掉，專注在所要呈現的事物上，甚至加以美化。其實「美化」也不一定正確，以文學的另一種形式——電影而言，有些編劇、導演不再拘泥於傳統的表現手法。比如嚴肅的送葬隊伍，通常導演會要求拉長鏡頭，取景白雲或飛鳥，再配以憂傷的音樂。然而也可以有故意製造的「境外」笑料：在送葬隊伍旁讓兩個人趕著豬，豬隻不聽使喚地在隊伍裡亂竄。送葬人一臉憂戚，觀眾卻讓豬隻逗笑不已。文學寫作者一定有他的立場以及要達成的目標，成功的文學寫作可以輕易地煽動讀者的情緒、操縱讀者的觀點。以這個角度來看，透過我的書寫方法來看新聞事件的本身，是危險的。

我的寫作方法

前面提過：在文學領域，從文字進入內容是偉大的；在新聞領域，從文字進入內容卻必須格外小心。我的挑戰是，如何保持文字的偉大，避免文字的陷阱。所以，除了運用上述文學寫作的方法之外，我必須尊重訊息本身，不能造假，即使新聞評論的內容和我的意見相左，也必須據實呈現；當然我也可以選擇不呈現，因為我既非寫新聞，亦非寫評論，然而只要是選擇後的呈現，都不可造假。在一種看似自由，卻有所限制的情況下要達成既定的目標，我只能在技術層面下手。

現在就以曾經寫過的一篇「我愛賓拉登」為例。我讓一位在吉達國際機場咖啡廳等機的阿拉伯女人代替作者說話。讀者雖「讀到」這女人的話語，卻可「聽」到和這女人對話的另一方，可是這「另一方」的話語卻不呈現在讀者眼前。我以這種半對話、半獨白的形態交代賓拉登的生平、聖戰的意義、美國與阿拉伯的關係、阿拉伯的社會現況等等。另一篇「這個台灣女人要什麼？」是對於拉法葉艦弊案關係人汪傳浦的書寫。我曾和採訪汪傳浦的記者見面，得知採訪的來龍去脈之後，以記者做為第一人稱的敘述者說明：冷戰結束，法國軍工體系因產量減少而危及該產業生存與員工工作不保的困境，也就在這一情況下，台灣得以突破「中共不贊同歐洲國家軍售台灣」的封鎖，和法國有了拉法葉艦的交易，卻牽扯出高達五億美元不法佣金以及人員被謀害事件；並帶出汪傳浦以哀兵姿態否認涉案的經過。還有一個例子是對本世紀初英國狂牛症的探討。我以倫敦的pub為背景，讓不同的動物開口說話，其中有：「第一屆歐洲動物聯合大會決定，基於人類不將我們視為可與他們相互依存的生命體看待，而把我們當成他們經濟發展上可以任意支配的工具，我們誓為動物格而戰。」動物們在海牙郊區林子裡開會後公佈宣言，並且以「四月三十一日歐盟各國國會大樓，在格林威治時間零時六十三分半同時起火燃燒，火勢一發不可收拾。由於事出夜半，延誤救火時機，等到大火被滅，國會大廈均已焦黑傾圮。」做為報復。另外，我還曾以四組人物對話的方式反映瑞士社會情況。這四組對話穿插出現，中間不做任何解釋性的銜接，全篇只有引號裡的話語。第一組人談了五句，接著是第四組人的三句話，再來可能是第二組人的六句……我必須做到，不論對話如何被打斷或不連貫，讀者都不致於混淆四組，並且能快速連接正確的主題內容。

下筆前的準備工作

我不是新聞記者，所以看新聞事件的角度可能和一般記者有所不同，總認為，許多難分難解的議題必須以文化做為著手探討的切入點。舉例而言，我想了解以色列和阿拉伯國家的恩怨，查到的資料都只提到過去半個世紀的各場戰爭，很令我失望，我需要了解的是，引起戰爭的深層原因。不明白內在的糾結，再多的表面猜測，甚至加諸所謂的陰謀論也都無濟於事。我要的是失火的原因，而非火上加油。所以，念頭一轉，改以「猶太與伊斯蘭」為目標後，一個嶄新的世界突然出現眼前，我自己甚至被這番新局面震懾住了！一個事件的發生必定有遠因、近因、過程以及後續的影響，這麼一長線拉下來，可能經過了數十年，甚至數百年，所以我在看待某個事件時，要求自己儘量將其中的演變都包含在內，這是艱巨而龐大的工作，也是應該持續努力的方向。

雖然我不是記者，為了求真或印證，有時會爭取機會去到事件的現場。媒體的特派員當然可以利用工作單位的資源，包括旅費及訊息提供，也有攝影師同行。我一個人出訪，就必須自行處理所有的細節。比如去阿富汗之前，在沒有咨詢、商量對象的情況下，我必須知道如何申請簽證、找航線、安排食宿、當地的交通、預算、和誰見面、見面時談什麼、如何應付突發事件等等，更多時候是要「看著辦」的，而金錢的花費也不是個小數目。到了當地，看到美國的紀錄片拍攝隊伍，他們有一箱箱的設備，有四輪傳動吉普車隊，我卻是獨自一人，正愁著應該怎麼去到喀布爾北部的山谷！碰到必須記錄的人、事、物，就要忙著找出紙筆或照相機、錄音機等等的，把原本兩個人的工作集於一身，常有緩不濟急的感慨。所以我一直想買件有幾個大口袋的背心，以便能夠迅速拿取這些配備。另外一件可怕的事，當然是被挾持當人質的危險。我雖是雙重國籍，哪個國家願意為我這麼個小人物付出大代價，是完全不需要有任何寄望的。不過被挾持的可能性當然相當小，因為我再怎麼看，都不會是「萬惡不赦」的美國人。另外，女人單獨行動當然比男人有更多的限制，這也是自己必須克服的難處。

我的工作比記者還忙。一般記者獲得所要的訊息之後，就可以放心、放鬆了。我的情況不同，除了要獲得訊息外，還必須發揮寫作者的敏感度，因為透過細微的觀察與傾聽，往往可以在小枝節上有大發現。有新發現之後加以思索，又會有新問題產生，又必須想盡辦法去找答案，這是個可怕的惡性循環。我在特拉維夫參加的一個記者會便是個例子。Gaydamayer原是住俄國的猶太人，他在去年夏天以色列和黎巴嫩戰爭中，曾免費提供大批帳篷及飲食，非常受到一般基層民眾歡迎，他也不斷強調自己的這一個特點。在記者招待會結束，其他人陸續走出會場時，我特別留下來觀察。他跟少數人談話和在台上面對較多人時的神情並沒有明顯改變。而雙手插入褲袋、不動如山，一種冷眼旁觀的傲慢態度，以及身旁有三名隨從的派勢，令人不得不懷疑他是俄國經濟小寡頭。後來得知，他是法國追緝的經濟犯，卻在以色列宣佈參選耶路撒冷市長。

新聞與文學的共同點

一開始我談到，新聞寫作與文學創作相互矛盾。其實不論新聞事件或我這樣的寫作方式，有一個共同點，都必須建立在誠實的基礎上。我聽過一位瑞士老記者對過去和現在新聞呈現的比較，他說，以前考慮的是，讀者「應該」知道什麼，現在是考慮讀者「喜歡」知道什麼。投其所好的結果，不誠實的新聞太多了，我正好有兩、三個小例子：在索馬利亞，Reuters的記者是當地人，他的報導誇大不實，自編死亡人數，敵方的戰鬥直昇機被打下來，他也跟著歡呼叫好。去年的以黎戰爭，通訊社的新聞照片裡，常在廢墟前放個完整的、有鮮艷色彩的米老鼠填充玩偶，刻意以巨大的反差對比，來突顯以色列的殘忍。而教宗去年九月演講引言的風暴，我偶而看到兩篇攻擊教宗的文章，寫了電郵詢問作者（一在英國，一在巴勒斯坦）是否讀過演講全文後才下筆，卻得不到回音。

我的誠實是在於寫作前閱讀大量的資料，下筆時，在敏感的議題上避開帶情緒的字眼。寫作期間，心理不斷有個聲音推翻、反駁自己，其實是種想像中的沙盤演練。常問自己的是，如果讀者對某一點提出攻擊時，必須如何回應。我在某一篇文章裡表達的立場與看法，有可能因時間推移而有所改變，因為題材是當今的、是時時在變化的。另種情況是，為求文章結構與佈局的完整，必須把另一角度的看法放在另一篇文章裡來談。所以看了有關某個議題的某一篇文章而把我定位的人，可能因沒有機會讀到同一議題的另一面看法，而對我有所誤解。這種情形較讓人難以想像，有個例子可以解釋：

猶太裔英國資深紀錄片導演Alan Rosenthal，論及史蒂芬．史匹柏的「慕尼黑」時，批評該片有許多誇張的情節與人物，並且美化在慕尼黑奧運殺害以色列選手的巴勒斯坦人，但肯定史匹柏較早的，納粹集體屠殺猶太人的「辛德勒的名單」。這樣的判斷很容易看出，Alan Rosenthal完全袒護以色列的立場，而史匹柏則是願意犧牲一些小節，提出一個更大的道德與正義的命題。我想說的是，太早、太草率地給一個人定位是不公平且危險的。

愛因斯坦所說的「以自己的困惑去困惑別人」，比直接得到答案更加寶貴，因這保障了一種共同腦力激盪的美好。現在我剛好有個困惑，如果各位有興趣，請幫我想想：在電影領域的歷史劇情片叫docu-drama，文學界也不乏以歷史事件做為書寫題材的。然而像我這樣的，不以歷史事件，而以時事融合文學的書寫體裁，應該如何稱呼才適當？給各位提供一個切入點：當我個人對某些時事產生了一種難以解釋的情感時，也就是我下筆寫的時候了。

顏敏如

目次 contents

雄獅印記

其實我並不認識索格，他卻從希臘羅德島一路跟隨我到莫斯科。從艷陽高照海水蔚藍跟到淒風苦雨卻又燈火輝煌。嚴格說來，不是索格有形軀體的跟從，而是他文字的陰魂不散。

今年的晚秋出奇和暖。只有光照沒有熱度的秋陽高掛在氣溫十度左右林子的上空，明亮晴朗，連不南飛的鳥兒都顯得開心。世界金融中心之一蘇黎世的城街上，擁吻的、抽菸的、呆望的、當然更有步履快捷行色匆匆的男女，而電車交會火車總站的熙攘更是教人不許對人生有半點遲疑。

＊　＊　＊

「……十五時整在火車站大廳的約見點。剛好有兩名亞洲女人同時在這個地點出現的或然率不高，你不太可能會錯過我。你找我，比我找你，容易得多。」

我簡單描述了自己，不著感情的公事化聲音，聽在國際記者耳裡，應該不至於太突兀。

「我自己嘛，」索格頓了頓，說「我在『平均值』上下，不太醒目。」

「坐辦公室的蘇黎世男人看起來都差不多。」我立刻接腔。

在電話中聽了這句話而發笑的索格在約定時間裡準時出現，他的確輕易地就找到了我。

和索格約見是因為他發表在蘇黎世廣訊報週刊上對阿富汗軍事強人馬樹德（Ahmad Shah Massoud）訪談的深度報導引起我的注意。

＊　＊　＊

索格是個外表俊美無暇，高瘦成熟的中年男子。一頭摻了白的棕髮，鬍子剃得乾淨，在無框鏡片後是一對又誠懇又玩世的深藍眸子。他的左耳垂綴著個小金環。

「我們找個安靜的地方談？」索格禮貌地問。

「請隨意，蘇黎世是你的地盤。」我方便答。

索格領我到一家寬敞舒適的餐廳，客人不多，那麼安靜，連個若有似無的音樂也沒有。天色突然變得微暗，舖著白布的桌上亮起一盞盞小燈。我們選了靠落地窗的位子，外面電車無聲來往，行人穿梭如魚。

「你是蘇黎世人？」我好奇地問。

「土生土長。」

「六八年夏天你在哪裡？」

「六八年？就在這裡。為什麼？」

才脫下大衣尚未就座，索格就因對這突來的發問無法和會面主題銜接，而滿臉不解。

「從你的年齡及模樣看來，當時你應該不會閒著，特別是在這火車站附近。」我大膽推測。

「跟大夥兒卯上了？」我繼續問。

「沒錯，什麼都幹了。」索格笑著答。

「就是沒燒車？」

「對，就是沒燒車。」

＊　＊　＊

一九六八年世界各大城蜂起學生運動，主要是對資本主義的抗爭。反傳統反權威，也反對當時已持續經年的越戰。蘇黎世大學生自然不會置身於潮流之外，而於該年六月三十日，在火車站及其邊緣地帶與警方有了嚴重的肢體衝突。

時間挪後數年，地理位置由西歐往東移至中亞。當反動思想仍是瀰漫於國際間的基本氣氛，阿富汗首都喀布爾城裡，畢業於法語中學後在大學研讀工程的馬樹德，受到世潮激勵，毅然拋下才完成第一年的學業而投入政治洪流時，便必須立即面臨兩個選擇：共黨，或政治的伊斯蘭。當時年輕的馬樹德選擇了後者，跟隨有著教授、作家雙重身分，後來在一九九二年成為總統的拉吧尼（Rabbani）。

一九五三年馬樹德出生於喀布爾北邊一個綿延約一百二十公里，地勢稍傾土壤肥沃潘協爾峽谷中（Panjshair）人稱小世界或小叢林的楊卡拉克（Jangalak）。父親是舊王朝時的一名軍官，有三個妻子，馬樹德是十二個孩子其中之一。一九七五年島得（Daud）政變，國王查依爾（Zahir Shah）被迫出逃義大利。由共黨支持取得政權的島得結束君主政體，並以部會首長等職位酬庸有功的共產黨員。兩年後建蓋惡名昭彰的大監獄，大肆搜捕伊斯蘭組織成員。當時二十三歲的馬樹德是武裝反抗的領導人之一，為了逃避島得的追殺，雖埋名潛沉，其長達二十六年的戰鬥生涯卻從此正式展開。

馬樹德

反諷的是，一九七八年春，島得被支持他的共黨所刺，其家人與貼身保鑣亦無一倖免。這一行動原是由蘇聯策劃，因猜忌非共黨身份的島得一旦坐穩江山，可能將共黨一腳踢開。由於刺殺行動嚴格保密，島得根本沒有機會與由他一手培育、組織，以備不時之需的狙擊隊取得聯繫，而獨自在華宮裡抵抗到最後一刻。

共黨取得政權後，以史達林那一套殘暴手段施行鎮壓，短時間裡便引發全國三分之二地區的抗爭與暴動。這時的馬樹德便與其追隨者在潘協爾秘密組織一反對陣營。

＊＊＊

「我一直以為是蘇聯撤軍後，阿富汗的內戰才開始。」我們各自點了杯紅茶。從鄰桌飄來的煙味，讓我感到些許不悅。

「其實阿富汗的敵人是自己，他們沒有所謂國家或民主的觀念。家庭、部落、族群才是他們效忠的對象。即使蘇聯不曾入侵，他們也會被自己各部族間的糾紛耗損得元氣大傷。」

索格的話讓我頓時穿越時空，腦際閃過台灣的政黨之爭。

「這個『國家』亂個不停，」索格將兩手的二三指內彎做為引號，表示引號內國家兩字的一般概念，在此處並不適用。「一九七八年初島得垮台，由蘇聯扶植的共黨也只支撐了一年半，為了鞏固在中亞南邊的勢力，蘇聯在一九七九年聖誕出兵。」

蘇聯此舉引起北約架設核子飛彈瞄準莫斯科，以維持冷戰時期的均勢。一個世代後的今日，普丁與布希的握手擁抱，令人不禁感嘆世事竟是這般地十年河東十年河西。

「不懂。拿破崙進攻時是被暴風雪所阻，莫斯科才得以倖免。怎麼蘇聯也敢在冬季出兵，特別是像阿富汗那樣的高山國家！」

「侵略者往往認為自己有萬全的準備，阿富汗人是腳蹬涼鞋就可以上陣的。冬天他們穿舊輪胎改成的鞋，在雪地上行走幾乎不留痕跡。他們為適應當地的地形氣候所發展出來的特殊戰法，不是其他國家一般的戰地指揮官所能看穿預測的。他們尤其擅打隱身游擊戰，往往一顆子彈飛來，由於空曠山谷引發四處迴音，再有經驗的陸戰好手在驚慌中，還弄不清狀況時，就已被不知來自何處的子彈擊中。」

索格說話動作誇張，不像一般瑞士男人給人的印象。

「當年美國在越南是大砲打蒼蠅，現在為了抓賓拉登，就是衛星對地鼠了。」

索格口裡含茶，還沒來得及吞下又笑不得，只好猛點頭稱是。

「阿富汗人韌性極大，頭部受創或有大面積的傷口，往往都還能存活下來。他們有高超的戰藝，堅忍的戰士，我們瑞士那些嬌生慣養的新兵根本不能並論。」

不知道為什麼索格突然把話題轉到自己國家的士兵身上，我對他倒是越來越好奇。

「怎麼想到去訪問馬樹德？」

「我年輕時曾在中亞旅行，愛上了那種空曠蒼茫的美景，進而開始注意那一帶的發展直到現在。馬樹德是個特殊人物，我一直想探知他究竟是怎麼樣的人，所以跟雜誌社提出申請，輾轉透過聯絡，隨時待命。等了好幾個月，聯繫一有眉目，也不確定是否真能碰到他本人，我便和攝影師貝克立即出發。」

「今年三月塔里班（阿拉伯語，意為研讀可蘭經的學生）不顧國際反對聲浪，強行炸燬兩尊大佛。四月份馬樹德就到歐盟國會演講，尋求國際支持北方聯盟打擊塔里班。他這著棋真是高明，就在全世界對塔里班沸沸揚揚時，他以不花一分錢、一顆子彈的策略，再加上他個人的魅力，輕易地贏得了西方對他的信賴與好感，是外交上的一大勝利。」

「豈只如此，法國女人對他特別著迷。法國人拍了些有關他個人行誼的紀錄片，他的舉手投足一顰一笑，他的英雄氣概、仔細謹慎，全收入鏡頭，配上大野荒漠，不但滿足也激發了那些女人們的想像。」

索格大概相當了解女人，說他有些妒意，應該也不為過。

「看來亞蘭德倫的時代的確已經徹底遠離了。」

「說真的，不僅是馬樹德，好像全天下的美男子全都集中在中亞地區。他們有各式各樣充分表現個人創造力的美髯，很多男人隨身攜帶一把小梳子，有空了就拿出來梳理他們的長鬍。他們各個高傲頑固又強悍。」

「談談你個人對馬樹德的觀感。」

我調整了一個較舒適的坐姿，準備聽聽男人對男人的描述。

「這人行蹤不定，根本約不上確切的時間和地點。大概就在我們到達後的第四天，才被通知到他的辦公室裡等候。那是個簡陋的，臨時搭蓋的房間，只有一張桌子和幾把椅子。一名操著純正英語相貌聰穎的少年通知說，指揮官很快會到達。約過了十分鐘，馬樹德突然出現在我們面前。在我還摸不清他到底什麼時候進門時，他早已把我們一掃入眼。他的眼光是那麼緊迫盯人，被看的人幾乎感到是被他碰觸一般。可是就在我要定睛回看時，他已把眼光移走，立刻出現半睡醒的眼神。

就像個只看別人手上的牌，而不讓別人看他牌的玩家；一個只看別人卻不給人看的人。他高瘦的身材透露出一種苦澀的典雅，頭髮與微有斑白的鬍子梳理得整齊服貼；剪裁適中的棕灰色野戰服筆挺沒有皺摺；有如鋼琴家一般特別照顧的手，乾淨而修長。腳下那雙靴子是上好的軟皮製品。他那五官如刀削般分明的臉龐是權威與滄桑的綜合體。談話一旦開始，他那種半睡醒毫不在乎的表情立刻消失，整個人變得鷹準而專注。」

「很精采，的確是個角色。」我讚嘆地說，因著馬樹德的不與人同，也因著索格出色的描述。

「不僅如此，」索格啜了口茶又繼續說。「當時在我旁邊還有巴黎費加洛報駐莫斯科的記者。訪談開始之前，馬樹德以不明顯卻又訊息清楚的手勢，希望我不要按下錄音機，原來是他自己要問那法國人有關車臣的近況。例如，是否容易到達葛洛斯尼（Grosny車臣首府）、城內是否仍舊戰役頻傳、哪一區的炮火最為激烈、百姓到底支持哪一派、俄軍是否仍採當年舊蘇聯在阿富汗的策略等等。他的問題簡短清晰直指目標，聽人說明時，不打岔、不評論，也不說出他原先就已知道的，像個聽取軍事簡報的將領。而那個我覺得有點饒舌多話的法國人，在回答馬樹德的問題時卻突然變得頓挫精簡，有如樂譜上的跳音。」

「換句話說，馬樹德不嚴自威，很有感染力。」

「沒錯。他有種逼人的、嚴肅的神奇力量，讓人不敢放肆地和他稱兄道弟，就連眨眼也都要考慮一番。他的屬下根本不敢正眼看他，即使是那些狡猾的前線老將，站在他面前都緊張得暴露出過度的殷勤。我曾看過一張在一九八五年所拍攝的照片：沒有配備武器的馬樹德站在他的部隊前面，英挺而威武。他的五十名戰士，嚴峻、狂野，這些把死亡取笑為懦夫的漢子是視冒險為己任的山嶺男人。他們絕對服從馬樹德，把自己的性命交在他手中，誓死不出賣他。這當然和馬樹德的階級和威望有關，可是他那股成中形外，令人無法迴避的，磁鐵般吸引人的權威，以及從容冷靜的意志，就連條在他面前的狗也都要垂尾低頭。這人有股不尋常的魅力。」

「據說他喜歡法國文豪雨果的作品勝過海明威的那一套。當他被塔里班追趕撤退到潘協爾時，除了部隊及軍需品之外還託運了兩千本書，或許就是這種非莽夫的質地讓他那麼吸引人。」

「沒錯，我也這麼認為。」索格輕輕點頭。「法國人特別喜歡他。除了他在舊王朝時代的高中曾學過法文的因緣之外，還因為戴高樂是他最敬愛的英雄之一。馬樹德喜愛戴高樂，不是因著戴高樂在軍事上的事功，而是因著他在政治上的成就。」

＊　＊　＊

自蘇聯撤軍之後，阿富汗便成了不具立即而明顯經濟及戰略價值的國家，如今卻在歷史的必然裡一躍為國際舞台的要角，也才讓世人認識，窮困破敗的阿富汗竟然蘊藏一位令人膽顫又景仰的戰地指揮官。其他世界各地又有多少被烏雲遮掩光芒的領袖級人物，在不為人知的某處活躍著。迷信眼前的名聲權威是可笑的，只要把被迷信的對象往世界天平上一擺，他們的份量不見得一定就夠重而下垂。

馬樹德是在一九七九至一九八八前蘇聯佔領阿富汗時期快速竄起，成為一名深具威望的游擊隊將領。俄軍始終無法攻下他在潘協爾構建的堡壘，這也是馬樹德被外界稱為「潘協爾之獅」的由來。

就在俄軍入侵不久，阿富汗境內的峽谷、高地、綠洲湧現一批批對抗異教徒的聖戰士。他們的武器簡陋且嚴重不足，也沒有一支訓練有素的軍隊。不但缺乏指揮系統，沒有組織結構，策略計劃與聯手防禦更是付之闕如，是場即興式的蜂起。西方軍事觀察家認為，阿富汗人雖驍勇善戰，卻因個人重於團體的思維，使得他們無法組成真正的軍隊。然而，馬樹德卻意外地在一片混亂狼藉中籌組一支現代化的武裝部隊，並成功阻斷蘇聯通往喀布爾的補給主軸。其精準的襲擊與專業的指揮調動在在令西方另眼相看。俄軍曾九次意圖攻下潘協爾峽谷，卻全數敗北。馬樹德成了他們最大的惡夢。

在對峙期間，俄共曾企圖收買馬樹德，所開出的條件是，只要他熄火停戰放棄突圍，便能讓他所據的潘協爾成為自治區。阿富汗政治景觀的基調，是建構在家族部落之上的社會系統。在家族重於國家的前提之下，別的將領，只要能保有其部族與豐富的采邑，怕不早就與俄軍達成協議以偏安。馬樹德卻不為利誘，在這件事上，他再度顯出不凡的一面。他假借必須審慎思考以拖延時間，暗中快速與東北一帶其他將領在政治上、軍事上串聯，直到俄共據悉，震怒，而誓將馬樹德除之而後快。一九八四年初第七次的攻擊是自俄入侵阿富汗以來最大的軍事行動，連續十五晝夜對潘協爾展開地毯式的空中密集轟炸，巨大的爆破聲撞擊在漏斗形峽谷四壁，駭人的迴響相互激盪衝入雲霄。北聯以直昇機將企圖從山谷側面進擊的俄軍驅趕入村，並在峽谷兩端停駐一部接著一部的裝甲車陣，兩萬五千名俄軍就被死鎖在谷底，連隻老鼠也出不去。

＊　＊　＊

「所謂北方聯盟，到底馬樹德跟哪些人聯結？這一直是我的疑問，媒體很少提及。」

「有來自烏茲別克的，來自塔吉克的……」

「怎麼從國外來，這不就是明顯的干預內政？一般國家形成的要素，主權、領土、軍隊等等，在這裡全不管用了！」

「這妳就觸到問題的核心了。中亞一帶的所謂邊界雖是官方認可，國際也認定，其真正的作用卻只存在於地圖上，是死的。那裡人，你我裡外的界定是依據『籍貫』來劃分。屬同一出生源的就是自己人，就應該為其效忠出力。這也就說明了為什麼巴基斯坦挺護塔里班，因為他們同屬帕斯圖族（Pashtu）。」

「讓我們再回到你對馬樹德的採訪。你問了他一些什麼問題？」

「我劈頭就問：『指揮官，為什麼你還活著？』」

索格突然收斂起他的輕鬆，將上身靠近桌沿，直瞧入我眼底。想來他大概也以這副態度面對馬樹德。

「好問題，他怎麼說？」

「他露出個頑皮的微笑，看起來有點像De Niro，說：『我也不知道為什麼還能活著，我們的命是交在阿拉手中。』他接著講，過去他一直居無定所，從來不在同一處停留兩個晚上。在一天裡的第一個禱告之前，在飛行員還未能利用天光看清東西的時候，他就已起身開拔，卻不知道午餐晚餐在哪裡有著落，也不知道當天會在哪裡過夜，很多事情無法預先計劃。有時他行經某地，在一棵樹下或在一個花園裡和人談話時，也不長時間駐留，而是不間斷地緩慢向前移動。或許這就是蘇聯的子彈老是找不到他的原因。」

索格攤開雙手，把身體靠回椅背。

「在樹下或花園裡跟人談話，怎麼說？」

「馬樹德不僅是軍事將領，還必須是像個部落酋長，到處排解糾紛，和我們一般對指揮官的想像不同。我先交代一下背景：北聯總部的夏天是個炎熱多塵，蠍子與瘧疾橫行的窮鄉僻壤，位於阿富汗東北與塔吉克交界之處。這裡是馬樹德從俄國與伊朗獲得武器彈藥的要塞……」

「不懂。他不是在八十年代和俄軍做殊死戰，怎麼現在卻從俄國得到武器？」

「當時是蘇維埃社會主義共和國聯邦，現在是俄羅斯聯邦。政治體制不同，領導人也換了。」

「所以不是過去的敵人成了今日的朋友，而是，要把對方看成朋友或敵人是可以自己決定的。」

「我們是從巴基斯坦的伊斯蘭馬巴德轉乘聯合國的小飛機到達，在等待訪談的時間裡，我們寸步不離守在他辦公室附近，看到不同的人帶著不同的問題請馬樹德裁決。比方有個穿著破舊運動鞋的士兵，要求馬樹德允許他和他的夥伴可以不必從家裡帶吃的東西到前線去；另一個因父親過世，希望能有運輸工具好把屍體運出他們住的偏僻小地方；一個頭包骯髒布巾的農人，希望他那因偷竊被關的兒子能夠回家，好在田裡幫忙幹活；一個從喀布爾逃出，專門以諷刺滑稽模仿塔里班領導人穆拉歐瑪（Mullah Omar）的演員，希望馬樹德能資助他拍攝有關聖戰士的片子。也就是說，在那個充當辦公室的黏土房裡，除了和前線領導人研擬作戰計劃、和密探商談，以及接聽衛星電話之外，馬樹德還要接受那些為了見他而顯得緊張慌亂小老百姓的請願。我還注意到，當馬樹德走到門邊送客、到屋外禱告或必須短暫離開時，他從不蜿蜒踅步左顧右盼，而是全神貫注直抵目標。當他端正某個士兵的儀容，或有人給他看制服的布料，或下達一個命令時，絕不遲疑停頓。他是個不浪費一秒鐘在一個沒有明顯目標事物上的人。

「這和連等人時也要去喝杯咖啡輕鬆一下的瑞士人大異其趣。」我笑著說。

不知索格是不願意我批評他的同胞，或太專注於他自己的談話而沒聽清楚我的短論，在沒對我做出反應的情況下，又繼續他的敘述。

「他自己似乎也喜歡操控所有大小事務，從挑選新制服的鈕扣到對於戰爭與和平的決定。還有，他是個極優秀的聽者，不明白的地方追問到底。他的回答準確快速直接易懂，而且有問必答，什麼事都可以談。不過不管談話扯得多遠，他總是會回到最感興趣的策略與戰術的話題上。他喜歡談狙擊、結盟、撤退、埋伏、軍隊結集、反叛潛逃、前線調移等等。每當談到敵人時，他臉上佈滿風霜的線條就格外顯得嚴峻無比。他時常陷入沉思，專注得有如在祈禱。後來我才明白，他利用每個機會反覆思索對手的意圖，以及他應該如何設計回應。他用盡全身每一細胞無時無刻不在思考戰事，如同一位聖者在冥想他的造物主。我給妳舉個實例。有次我們被請去吃飯……」

「打個岔。你們都吃些什麼？住哪裡？」

「在北聯的那段時間，我們住在法國Acted組織所搭蓋簡單乾淨的房子裡。那裡人吃米飯加葡萄乾，也吃羊肉，喜歡喝綠茶配小餅乾。茶是裝在滿漂亮的瓷壺裡，有可能是從中國來的。」

談到吃，索格才記得要喝口茶，又繼續說：「我要告訴妳的是，那次吃飯時，馬樹德就坐在我們隔壁房間裡和前線指揮官談話。外面天色已暗，一名士兵拿來一罐殺蟲劑。馬樹德搖了搖罐子，轉向左邊，在他前後的地板上噴灑，轉向右邊，重複同樣的動作。我頓了兩秒鐘才明白過來，他連殺蚊子都有自己的一套防禦佈局。」

＊　＊　＊

阿富汗人有個說法：阿拉在創世後看到殘餘的一些不完整的、不再能配合其他物品的碎片，把它們掃攏後順手從天上往地上一丟，就成了阿富汗。這個面積約六十四萬七千五百平方公里的中亞大域，從來就不是個真正的國家，而是由極其複雜族群部落所組成的居住團體。阿拉造世的比喻足以說明，阿富汗人誰都不願屈於對方、彼此爭戰猜忌、無法互相配合的傳統。蘇聯入侵打破了阿國各部族間的均衡關係，勢力消長重新洗牌。權勢的追逐被喚醒，貪婪、恐懼、仇恨、報復瀰漫全國。國土被破壞卻到處武器充斥，他們不僅抵禦蘇聯也彼此對抗，整個阿富汗陷入無律法狀態。

美國為了抵制共黨勢力擴張，斥資三十億美金抑俄的行動引發鄰國爭食大餅。當時在巴基斯坦的培夏瓦〈Peshawa〉聚集了一批寄生的指揮官，巨額美金削弱這些人的戰鬥意志卻補強了他們致富的雄心。被指定為反抗俄軍的武器，竟成了黑市買賣的搶手貨。而在阿富汗境內的黑卡馬提亞（Hekamatyar）是個聰明狡猾，擅長用計又殘忍無道的人。他為了趁機擴展自己的勢力，被他殺害的同胞竟然比俄軍所下的毒手還多。

馬樹德及其手下在阿國奮戰經年。他高傲、固執、不被利用也不出賣自己。所擁有的武器絕大部分是敗敵後的戰利品。阿富汗人對於在培夏瓦那批軍閥的勾當心知肚明，馬樹德的聲望也因此而直上雲霄。

＊　＊　＊

「我們剛一結束採訪，馬樹德就接到兩三張字條，簽名後突然站起來離開辦公室，快步走向他的日本越野車，四周立刻引起一陣騷動，等在外面隨時待命的手下一一躍起，貼身保鑣一個箭步衝到他身邊，一支小隊伍在瞬間組成跟隨其後。車門打開，馬樹德消失在黑色車窗後。由於馬樹德從不講他什麼時候去什麼地方，我們只好盲目跟著行動，希望不要把他跟丟了。」

「跟上了嗎？到底去什麼地方，要這麼匆忙？」

「跟上了。我們跳上另一部四輪傳動車，顛簸了大約一小時，來到一處被群山環繞的高地，原來是個射擊教練場。大概有三百名士兵在這裡練習打靶，看樣子是村子裡來的新兵，各個有著一張過度曝陽的臉孔及一頭亂髮。馬樹德順手拿起一把長槍，示範操作，讓兩三個兵照做給他看。他批評、修正、讚美，看得出來是個照顧手下的將領，也似乎很滿意這個角色。然後我們又去了戰車教練場，他爬上一部坦克和一名年輕軍官大約談了二十分鐘。看他的手勢很可能是有關戰鬥情況的說明，狙擊、夾攻、包抄等等，他的樣子稍嫌誇張，太過清楚，他享受這樣的角色是無庸置疑的。」

「是不是因為有西方媒體在場，攝影機也盡其所能捕捉他的身影，所以才引起這種，嗯，這種特殊效果？」

我從不相信完美，總是習慣在心裡留下空間給缺憾。

「很難說，才第一次跟他見面，無法做比較。」

＊　＊　＊

一九八九年二月，在佔領阿富汗近十年之後，共黨部隊終於撤退。世界強權的驍勇大軍，居然在大部分是文盲的山嶺大漠子民，穿著涼鞋出征的境況下被擊敗，不僅是俄共的奇恥大辱，也導致後來的迅速潰亡。

納吉布拉（Najibullah）曾是阿國共黨的情報頭子，一九八六年被蘇聯扶植為傀儡總統，俄軍撤出後他雖僥倖能支持一段時間，後來卻被倒向馬樹德的烏茲別克人朵茲坦將軍（Dostum）出賣，一舉掃除了馬樹德通往喀布爾的障礙。一九九二年四月馬樹德及其聖戰士，將從俄軍手中奪得的裝甲車開進首都喀布爾。納吉布拉倒台被捕，由聯合國監管，這是馬樹德最大勝利的時刻。同年，馬樹德早年所追隨的拉吧尼（Rabbani）當選為總統，馬樹德也就成了理所當然的國防部長。

然而新政府無力掌控動盪的局勢，宣誓就職一結束，喀布爾立刻遭到和巴基斯坦同族裔黑卡馬提亞的轟炸，而曾為馬樹德開闢進往首都通衢的朵茲坦卻突然轉而攻擊馬樹德。

＊　＊　＊

「或許是我個人的偏見，不過根據媒體，阿富汗有些將領似乎是土匪頭子，不能與人謀。最令人失望的是馬樹德的手下，原本是紀律良好享有聲譽的隊伍，怎麼一進城趁亂象未平的機會，殺搶姦擄，壞事做盡，實在太出人意料之外。」

「好極了，這也曾是我的問題之一。馬樹德出生地的隔壁村有個叫曼儒的人，他是每週出刊一次『聖戰士快訊』的發行人。我曾問他馬樹德在喀布爾時到底犯了什麼錯誤，竟然在短短幾年之內讓塔里班輕易奪權？曼儒是這麼分析的：馬樹德在拿下喀布爾之前，沒和鄰國先建立關係，是他的第一個致命傷，而使得巴基斯坦認為，他和伊朗有所協定，伊朗卻以為，他早已許諾給巴基斯坦某些好處……」

我本想問，阿富汗鄰國的態度令人匪夷所思，繼而想到中亞地區國界的劃分沒有實質的意義，也就把話吞了回去。

「……導致巴基斯坦、伊朗及阿拉伯更加大力資助他們在阿國境內的勢力，而馬樹德自始至終都是孤軍奮鬥。第二，馬樹德變得驕傲又自負：『現在天下是我的了，我把蘇聯打敗，在這裡我是發號施令的人。』這是曼儒的看法，不過他也承認，馬樹德的確是個優秀的軍官，也是唯一人道對待戰犯，更是獨一無二，不志在發財的軍事首長。可惜他不諳政治，和總統拉吧尼有了過節，而且他只下令，不太採用建言，不是好的行政長官，更不是稱職的政治人物。」

「一個滿腦子戰地策略的人，要他也懂得人事上的利益分配，人們對他的要求也未免太過、太多了。」

「我曾開門見山地問，他是否對於喀布爾的陷落也要擔起一些責任。他是這麼說的：『在我身邊的人完全沒準備好要主持一個國家。大部分的人都因為戰爭而中斷學業，沒有一個能監控行政任務的人，警察也無法有效打擊武裝勢力。我也知道民眾恨透了我的手下，就跟他們痛恨其他的暴力份子一樣。我當時一心在戰事上，而忽略了在我週遭發生的事情。』妳看，這要怎麼說？就算是軍事將領的悲哀吧！」

索格一說完，眼光從我的臉上移落到他的茶杯上，再移近至靠他的桌沿，似乎也深深感同馬樹德無可奈何的遺憾。

＊＊＊

一九九四年塔里班在動亂中竄起，他們從南部大城坎達哈（Kandahah）北上，一路勢如破竹攻城掠地，因讓各個軍閥繳械而受到民眾熱烈歡迎。他們擅於以金錢收買敵方將領，而經濟支援便是從原本支持黑卡馬提亞，轉為豢養塔里班的巴基斯坦所獲得。一九九六年夏末，塔里班終於開進首都喀布爾，馬樹德駐紮在城東南的防禦工事竟意外地立即遭到突破，原因是，塔里班事先以一千萬美金現鈔賄賂在城南的指揮官。馬樹德知道大勢已去，硬要突圍只會造成更大無謂的傷亡，只得在數小時內倉促撤軍，退守潘協爾峽谷，塔里班就此不費一槍一彈順利佔領了喀布爾。

＊＊＊

「塔里班在阿富汗境內的作為，過去只有零星的報導。他們是在炸燬兩尊大佛後才引起全世界的注意。我看過一部記錄片，是由一位在英國長大的阿富汗裔女人把攝影機偷藏在隨身包裡所拍攝的。她曾在喀布爾一座可容納萬人的巨大足球場，看到被行刑的人。塔里班先把三個男人吊死在球門上，接下來開進一部小卡車，兩個全身包得密不透風的女人被趕下車，跪在球場上，各中一槍斃命。這種公開行刑的作風，像是歷史記載的暴行事件，突然躍出書本對著二十一世紀人類耀武揚威，很難令人接受。」

我的腦子快速搜尋記憶，翻轉出曾在電視上看到的一幕。

「不知道下面的這個例子是不是可以稱為東方或亞洲式的殘忍？」索格似乎在自問自答。「塔里班掌權後，把過去蘇聯扶植的共黨總統納吉布拉做為第一個整肅的對象。塔里班把他和他的弟弟打到半死，丟上小卡車後開往皇宮。他們把納吉布拉給閹了，又把他綁在一根棍子上，以卡車拖著繞皇宮數圈，最後賞給他三發子彈，結束他的痛苦。他的弟弟則是被絞死。最後塔里班把他們兩人的屍體以粗鐵線纏繞頸子，掛在皇宮附近的交通指揮台上，還把香菸插在他們的指縫裡，把鈔票塞入口袋裡，象徵墮落與禁不起利誘。」

「你談到所謂東方的殘忍。西方呢，比如歐洲呢？」

「燒！妳知道中世紀時燒女巫吧。和中國人的剝皮不相上下！」

「塔里班一進城就來個下馬威，民眾立刻知道日子就要不好過了。」

「其實他們進城二十四小時之後，就已經透過收音機傳達新規定：偷竊的會被斬斷手腳，外遇的會被亂石打死，藏酒的要受鞭刑。電視、錄影帶、照相、音樂、遊戲、圍棋、放風箏等等全被禁止。男人一律要蓄鬍約一個手掌寬，女人要全身包裹，長到膝的頭罩只在眼睛部分縫上網狀布。所有女子學校被關閉，女人不再可以唸書工作，沒有丈夫或男性親屬同行，女人不得出現在公共場所。這些規定多少還能配合阿富汗南部較保守的省份，可是在一個擁有百萬人口，半現代化的喀布爾城，當然引起難民潮。特別是那些受過教育的，紛紛逃離，其中包括教育及健康事業最為依賴的女性工作人員。」

「受過高等教育的女人沒辦法接受突來的改變，也無力反抗當局的規定，有的被逼瘋，有的只好結束自己的生命。中國的十年文化大革命將一代人化為烏有，阿富汗除了十年俄據，更經歷無數的惡鬥內戰，至少這前半個二十一世紀，恐怕要顛簸流離相當長一段時間。我們談到了馬樹德的勝敗功過，你自己認為他是怎麼樣的一個人？」

一般政治分析或軍情資料有各種不同來源，不難取得，索格既然特別囑意要採訪馬樹德，勢必要挖掘出一般媒體所缺乏的、鮮為人知的部分，我也就按捺不住好奇地問。

「我曾這麼問他：『指揮官，什麼是讓你最感痛心的事？』他竟然笑著說：『我經歷過許多傷心難過的事情，只是我現在已經習慣悲劇了。要做事的人，就會有做錯事的時候，這是人的天性。我認識自己也認識敵人，對於未來有建構的藍圖，對於危險情況也有所準備。我可以控制自己的部隊，卻無法控制其他結盟部隊。遇有不明白的地方，我一一解釋，幫他們做設計，可是他們不但不做出貢獻，還處心積慮要從中牟利。也就是說，他們不討論如何打擊塔里班，只對勝利後要佔據哪個官位有興趣。』」

索格並不直接回答我的問題，而是轉述馬樹德的話，擺明了要我自己下結論。

「嗯，這和八九年在天安門廣場上某些學生的態度不謀而合。其實所有的合縱連橫爾虞我詐，在中國歷史上就不是新鮮事。可憐人類歷史竟然是以這種流血的方式在殘酷地重複自己。」

「馬樹德一直努力著把各路力量結合在一起，當初他也曾經幾次成功地阻擋塔里班向喀布爾的挺進，可是他的結盟部隊不夠團結，而造成好不容易獲得的政權又拱手讓人。」

「這似乎是東方人的傳統，國家觀念薄弱，只圖加惠給有血統有關係的人，連在國家層面的事務運作，也都在『兄弟結義』機制下進行。現在的北聯軍呢，總該多少記住點教訓吧。」

「根據馬樹德的說法是：退守潘協爾後，各黨派終於能夠擬出一份協議，將來打敗塔里班以後，各部族會透過選舉，在國會中佔有適當比例的席位。可是我個人並不樂觀，比方說朵茲坦這個人，他過去是共黨的劊子手，先跟馬樹德聯結，再去和黑卡馬提亞有所瓜葛，甚至曾經和塔里班並肩作戰，現在他又回到馬樹德身邊。這是種令我們西方人難以理解的思想型態！馬樹德自己也承認：『缺乏信任是阿富汗最大的問題。有人擔心自己的未來，有人是除了已經得到的那份之外，還要更多。不過大家有個共識，除非彼此團結，單靠自己的力量，絕對無法取得未來在政府裡所要擔任的角色與職位。』當我今年夏天訪問他時，局勢都還在他控制之下。」

「除了巴基斯坦所支持的塔里班之外，各部族勢均力敵，馬樹德到底憑藉什麼能當上北聯總指揮？他所擁有的特點大概就是他在九月九日被刺之後，讓國際社會最感惋惜的吧。」

「沒錯，馬樹德是在西方個人自由思想下長大的。他贊成自由選舉，也歡迎聯合國加以監督。第二，他反對暴力。賓拉登的行事在他眼裡是罪犯的行為。採取這種態度對馬樹德不是件容易的事。他們同為聖戰獻身，也都曾在俄共入侵時努力抗爭過。當他和賓拉登劃清界線後，接到無數各處來的電話，責問他的決定。」

「受到回教激進份子的譴責，馬樹德的確為難，這也是他過人之處。」

「還有，對人權與婦權的關照是馬樹德異於他同胞的地方。在他所佔據，大約只有全國百分之十，到處是高山峻嶺阿富汗領土的東北部，女人可以工作，女孩可以上學。在我們看來可能是極小的一步，可是對於像阿富汗這麼一個國家，已經是了不起的成就。聽說，有次兩個部落發生糾紛，導致一人死亡。犯錯的那方必須交出一個女孩做為賠償，可是沒人事先徵求那女孩的同意。馬樹德原本就反對把女人當賠償物的習俗，便出面把這事阻擋下來。另外他自己還講了個例子：『我們接到一個女孩被強迫嫁給族長兒子的消息。女孩堅決反對，我下令調查原因。那族長代表三千個家庭，有四百個武裝男丁，他親自為兒子挑選那女孩為妻。我告訴族長，他不該強迫這樁婚事，只要他放棄，我會設法替他保住面子。結果他來找我，要吻我的靴子，並且說，我可以做任何事，就是不要碰他在村子裡的優勢和名聲，讓他好好把兒子的婚事辦完。我們雙方都不退讓，邏輯和常識在這人身上都不管用，最後只好以動用軍隊做為威脅，他才放棄。』妳看，要改變一個風俗一種思維，還需要動用武裝部隊。可是不採用非常手段，恐怕這種在我們眼中的錯誤，還要繼續數十甚至數百年。」

「開了個先例，後來的人才有所依據，才能做更大的改變。」

我猜想，索格大概不願隨便對其他異己的行為進行批判，所以才用「我們眼中的錯誤」來形容、來加以說明。我贊成他的態度也贊成他的謹慎，所以說了句支持他的話，不知他是否聽出我的用意。

「馬樹德認為阿富汗的問題不能以軍事行動解決，重點是要掃除鄰國的干預。」

我們雙方沉默了片刻之後，索格從另一個角度繼續談。

「這不是和他們的民族性背道而馳嗎？」我說。

「難就難在這裡。他的戰略是要把塔里班逼上談判桌，他的游擊戰術是要讓支持塔里班的巴基斯坦煩不勝煩而放棄支持。他認為只要巴基斯坦抽手，塔里班無法維持半年。」

經索格這麼一說，我豁然開朗。當美國遭受攻擊而打算轟炸阿富汗，以逼使塔里班交出賓拉登時，曾要求巴基斯坦開放部分領空以利美國的軍事行動。巴基斯坦雖口口聲聲譴責暴力，卻遲遲不對美國做出正面答覆，目的便是要保護其羽翼下的幼雛。

天色不明不暗，隔壁桌兩個抽菸的老女人起身準備離去。我正慶幸可以不再受煙薰時，忽地想起一件事：「聽說塔里班已不再生產鴉片，可是阿富汗一直還都是最大的鴉片輸出國，到底是怎麼回事？」

「塔里班還有兩三年的鴉片庫存，他們不是不再生產，而是鴉片商決定暫停一段時間，目的是要哄抬價錢。阿富汗最大的鴉片生產地在塔里班控制的區域內。他們抽百分之十的種植稅，工廠製成產品，每公斤抽收一百八十美金後才能蓋上官印。接下來還有營利稅，運輸稅等等，塔里班可以說是個公開販毒的政權。我們剛才談到為什麼馬樹德會成為北聯首腦，他反毒也是原因之一。他曾經逮過一名大毒梟，沒收他半公噸的鴉片，雖然對方有錢有勢，馬樹德還是在三年前就把他送入大牢。阿富汗的大麻品質很好，巴基斯坦北部生產的也很不錯。」

我正納悶索格為何突然提起大麻，又顯得內行熟悉。剎那間我突然明白過來，抽大麻不就是六〇年代叛逆性格嬉皮的流行之一！

「各地的，你都嚐過了？」

索格稍窘地微笑點頭。五十出頭男人的靦腆令人心動，就連他額上的皺紋也使得那些除紋霜不再是不可或缺。

「所以你也曾把床墊直接放在地上睡覺，或就直接睡在地上，或做過其他的那些種種？」

「對了，我什麼都做過，我是個六八年的。」

在瑞士，「六八年的」是個專有名詞，代表曾狂妄咆哮著要改造世界，曾赤手空拳便要擁抱愛與和平。其結果是三十多年後的今天，我們有了關注環保的綠色和平組織，也有了人道關懷的國際特赦組織；當然也有了是非不分，人人只想發言不願傾聽的偏頗文化。

「就在你訪問他不久後，九月九日馬樹德被刺，十五日身亡。消息傳來你有什麼反應？」

「我非常震驚。這麼樣的一個角色，這麼樣的一個英雄人物，瞬間化為烏有。我曾問他，一個男人一生中最重要的是什麼？他說，做決定！如果下了決定，知道了方向，其他的都會變得較容易。比方他當年決定要和俄軍作戰，只知道會極為艱苦極為困難，究竟會贏會輸，戰事會持續十年二十年，都不再重要。他和塔里班作戰的態度是，不論北聯損失多少領地或受多少苦，也絕不迴避。馬樹德有妻子有五個孩子，他的家世很好，兄弟姊妹散居世界各地，他可以不費吹灰之力到西方生活，可是他從未有過這個念頭。他說：『我想，人應該給自己的生命一個目標』」

「非常感人。我一直以為，為一個特定目標而死的人最是浪漫。對於馬樹德的死，我倒有個疑點。報導中說，他是被兩名喬裝成記者的自殺刺客，在攝影機裡安裝炸藥所下的毒手。當他們接近馬樹德時，突然引爆，讓他身受重傷，拖了一週後終於不治而死。你也提到，你和攝影師都曾去過他的軍事教練場。難道他們不檢查記者，不怕記者知道得太多？」

「妳的懷疑有道理。我們並沒有被搜身，行李也沒被檢查。」

「他們對自己人處處嚴防，無法信任，對外來客的大方與坦白，反倒顯示出他們的天真。是不是因為急切地要讓外界了解他們、聲援他們，才有這百密一疏的弱點被敵人掌握住？」

「很有可能，馬樹德一直希望國際社會能向巴基斯坦施壓而放棄對塔里班的資助。」

「另外，九月九日馬樹德被刺，十一日美國遭到攻擊。有人說，這是賓拉登為了能得到塔里班更多更持久的庇護，對塔里班的死敵下毒手，算是送給塔里班的大禮。」

「不僅如此，九月十日塔里班在北聯頓失領導而陣腳大亂時，趁機重創北方聯盟。很明顯的，這是一連串的密謀……」

＊　＊　＊

雄獅已死，北聯失去一位有遠見，能懂得記取教訓的強勢領導人。一個多月後，美國轟炸阿富汗。海拔數千公尺的廣袤高地上，舉目所見盡是巍峨大山，山頂是世紀不化的皚皚白雪。數百萬難民流離失所，腳踏石礫黃沙，頭頂嚴峻風霜。有的從家裡只帶出一只茶壺，有的一夜裡被凍死三名稚子。邊境上的簡陋帳蓬綿延無盡……

馬樹德死後，美國為了捉拿賓拉登而協助北聯再度進駐喀布爾。亦即，謀殺馬樹德的可能主導人竟間接地完成馬樹德的夢想。而這一戲劇性的弔詭是否真能實現馬樹德的理念？阿國境內各族，是否真能在國會中佔有適當比例的席位？

「誰在喀布爾取得政權，誰就是繼承一場災難。」索格在二〇〇一年八月底發表的訪談報導裡曾經這麼寫著。

何謂歷史？人去樓空

「在短短幾年攝政期內，他在遍佈石礫的沙漠地上蓋建起官邸。向四周延展開去的，有住屋、貴賓下榻的房舍、動物的棚廄，以及一座有著許多繽紛色彩小門的私人清真寺。北面，在高聳圍牆之外，凸起一道光禿怪異的山嶺餘脈。向南，一公里之外便是著名的綠洲大城——坎達哈（Kandahah）。這座曾是短時間恐怖份子的首都，在蒸汽與塵埃中顫動，有著海市蜃樓般的不真實。」

在世界週刊（Weltwoche）上讀到這段文字，我立刻明白，由Das Magazin轉職到Weltwoche的索格又去了趟阿富汗。相對於去年（二〇〇一）在北部對馬樹德的專訪，他這次到南部大城去探視穆拉・歐瑪（Mullah Omar）的故居。歐瑪曾是塔里班時代的國家領導人，由於庇護賓拉登，亦遭美國的圍剿，而於去年底倉促出逃，與賓拉登一般，至今渺無音訊。究竟他和賓拉登分別躲藏，或仍患難與共互相扶持，一直是美國聯邦調查局急欲解開的大謎。

「歐瑪的頭巾部隊像燎原般的野火，迅速漫延阿富汗全境。以軍隊傳教的結果，生活上的一切禮儀規矩，每個人的行為舉止全由可蘭經框定。不清楚的模糊地帶，譬如同性戀者是否可以被推下樓或被活埋，也都有學問長老加以解釋。傳信鴿的飼養在禁止之列，因先知不曾提及。牙膏不准使用，因先知只以草根潔淨牙齒。如此處處以先知生活習慣為依據，並且不得隨意觸犯的傳統，在歐瑪身上卻被相反定調。對於他的冰箱、製冰機、裝上黑玻璃的豐田轎車，以及有冷氣設備的房間，所賦與的解釋是否應該變成，即使是先知也會取來冰鎮的可口可樂，而不去井邊汲水？或者，即使是先知也一定會捨駱駝而就四輪帶動的防彈車？」

看完索格以溫潤譏諷筆調所做的精闢報導，耐不住好奇，立刻給他去了電話，約定時間，希望能就彼此都感興趣的題目跟他談談。

初秋時分，非假日下午的蘇黎世火車站。天陰著張臉，不知是否正滴雨，過往行人少了些，冷空氣在大空隙裡流竄。偶而刷過一兩個溜直排輪鞋的黑人阿少，對面走來的亞洲女子高佻細緻，包裹在蓋膝的風衣裡；一回首，果然是及腰的素直長髮。

仍是在約見點碰面，仍是索格先喚我。剛收下的傘爬滿水珠，他的鏡片上則只有一兩滴。同一家餐廳，同一個角落，同一張白桌，只是這次桌上的小燈不亮，索格也仍然不像一般的瑞士男人有禮地將女士脫下的外套掛好，直喇喇地逕自就坐。

「怎麼又去了趟阿富汗，距上次不到一年吧？」

「只有十個月。原本打算採訪完馬樹德，直搗塔里班探個究竟，沒料到中間卻跑出個美國來，把阿富汗幾乎掀翻了，計劃被打斷，只好延至今年。」

「還是找攝影師納坦？」

「他好相處又不麻煩。要是嫌髒、嫌不舒服、嫌不安全，根本辦不了事，還不如待在蘇黎世。」

侍者送來兩杯茶。除了茶包之外，索格也撕了糖包，兩茶匙的糖便一骨碌白晃晃地滑進了他的瓷杯裡。

「這次仍舊從巴基斯坦轉機？」

「不是。從杜拜轉阿富汗航空的班機到喀布爾。」

「稀奇，他們竟然還有航班！」

「阿富汗航空就只剩兩架飛機。我們到達喀布爾，僱請了翻譯、司機後就立刻南下，直奔坎達哈。」

「路面情況？車子是跳著走的吧？」

「差不多。就是要隨時準備，把快要震出體外的骨頭給按回去。」

索格的形容令我發笑，卻也能體會十分。多年前我在高加索山上便嚐過如此滋味，當時「高大雄壯」的 Land Rover 碰上年久失修的山道，也只能淪為蹦蹦車。

「所以你們在內臟還沒移位時，就已經順利到達坎達哈？」

「我們快抵達時，從山上遠眺坎達哈，整座城就像有個巨人在一片無邊無際的禿地上，拿了掃帚將黃土掃成一堆堆，加水和勻後捏塑成有稜有角的方塊堆砌而成。」

「完全與大自然合而為一，就像從土裡長出來一般。種子長草，沙漠長土。」

這次輪到索格笑了。人笑開的時候，眼珠子顯得特別明亮，索格的藍眼睛則亮得清澈。

「我們一到達，立刻去跟市長打招呼，說明想要看看這城，拜訪歐瑪故居的來意。他馬上請人奉茶，當然也很合作地擺好姿勢，讓納坦有發揮的機會。」

索格邊說邊模仿比劃著，留有絡腮鬍的市長如何毫不遮攔地表現喜歡被拍照的意圖。

「似乎一切都很順利。先看歐瑪的住處呢，還是先到處走走？」我問。

「翻譯員哈比說，要不是歐瑪坦護賓拉登，美國人也會放他一馬，不至於被逼得要放棄他的皇宮出逃避難。由於好奇，我們先去看了位於坎達哈城外，哈比口中的皇宮。原來那是佔地寬廣，由四面圍牆圈繞的集中房舍。內院裡矗立著一幅以鐵絲及碎塊水泥拼成的山景，畫面中有瀑布、棕櫚、長橋……看上去就像是精神科醫生給病人凝視的圖卡。圍牆上則畫滿了林蔭、山川、甚至狩獵實景，這些畫匠氣太重，給人的感覺是遲鈍笨拙又孩子氣。正房裡，廚房的牆面貼著大理石圖樣的塑膠紙，歐瑪寢室的仿木牆櫃上至少有二十個小門，每個門上都嵌有粗鄙的鐵鎖，不難想像，當歐瑪走動時，燈籠褲袋裡必定響著鑰匙相互撞擊的聲音。天花板上懸著兩支塑膠吊燈，也許是從杜拜走私進來的香港貨。一切看起來是那麼襤褸破舊，蠻橫而自大。」

索格親眼所見歐瑪皇宮的描述，讓人窺知，相對於阿富汗地理景觀的光禿空曠與荒涼，歐瑪本人或阿富汗人所嚮往的，是有著涓涓流水，鬱鬱山林的茂盛與蒼密。而歐瑪對人不信任的態度及低劣的品味，令人彷彿看到一個突然高中頭獎樂透暴發戶所能提供給自己的，自認為高級的嗆俗生活。

「這是所謂的皇宮景致，一般人的生活空間又是什麼一種狀況？」

不知怎地，我突然聯想到，空氣滲涼的高地貧國城市裡，華燈初上時，雖見不到飛揚的塵埃，只要一低頭，立刻可看到一雙雙覆滿土垢裸露的行腳，或磨損不堪的舊鞋，踩踏在年久失修，如同缺角齒一般的石板路上。

索格說：「阿富汗是個由帝國、淪亡、興盛與族群爭戰交織出千年歷史的國家。近期的俄國侵略、內戰與塔里班政權，不過是劃過暗空中的一顆流星。歐瑪出逃後，也就是塔里班的禁令一解除，坎達哈很快又恢復中古時期的風貌。污穢小巷裡，有人釘鎚敲打，有人隨地便溺；有人在屋外炊煮，有人在討價還價；有小孩的哭叫聲，也有人隨處吐痰。空氣裡飄濁著一股新鮮水果、燒烤羊肉以及糞便尿酸的混合味。」

「這場景在任何發展中國家、地區都不陌生。具體談談，你看到了些什麼。」

「有一次我和納坦在大街上閒逛時，看到有一群人圍繞著一個街頭賣藝的」，索格興味盎然地說，「這人就做些以鐵絲穿舌，把紙鈔變多，從衣袖裡抽出蠕動小蛇等小把戲，然後又奉承又威脅，也參雜些猥褻的話語，成功賣掉他自己泡製、能治百病的神奇藥水。在另一條街的轉角聚集了很多男人，他們把籠子一打開，籠裡忿怒的鳥便一箭衝出，相互碰撞，又紛紛掉地。起先我不明究理，後來才知道，原來他們以鳥聚賭，看誰的鳥將對方的鳥啄瞎最多。哈比還向我們敘述鬥犬的血腥。這活動通常是週五祈禱結束後，在坎達哈城郊的河邊舉行。主人對狗的重搥、頂沸吵雜的觀眾以及另隻狗身上的鮮血，這種觸覺、視覺、嗅覺、聽覺上的刺激，讓佔上風的狂狗更加卯足了勁，全力猛撲。」

「這或許是未經教化的、人類潛在獸性的外顯。以殘暴的遊戲方式來疏導自己攻擊的興奮與需求。阿富汗全境高山峻嶺，給人閉塞鎖國的感覺，一定有些我們想像不到的奇特風俗，免不了和他們對人事物的理解跟看法有關。」

索格看起來似乎不解我的話，又似乎在努力苦想，如何對又清楚又不好接續的說辭做出反應。

「市集裡的小攤子常會傳出多情傷感的曲調，就像坎達哈有個叫鮮花公子的當紅歌手，唱出對他所鍾情男孩的心聲。他著迷於男孩的俊美、白皙額頭上的黑色捲髮，愛他被大麻煙氳包圍的墮落與邪惡。在每個音樂店都可看到這卷卡帶上的照片，那是個臉龐塗抹過多白粉，著條紋襯衫，戴金錶的男孩。在停留的那段時間，我們常光顧一家小茶館，老闆拉提夫說，男人愛上漂亮的男孩在坎達哈是個普遍的習俗。九十年代初，也就是俄國佔領軍撤走後的那段時期特別糟，有些聖戰士在市場或街上看到喜歡的青少年，當場就把他們抓走。每個軍官都會給自己弄來兩三個小愛人。他們把這些男孩化妝成女人模樣，命令他們在軍官面前就著音樂起舞。那段時間，許多做父親的，讓未成年的兒子戴上頭巾才出門。有一次，兩個軍官就為爭奪一個男孩而大打出手，各自把坦克都開上了街。歐瑪讓幾個塔里班神學士放走那男孩，把兩個軍官給殺了。這件事讓塔里班一開始便受到歡迎，很快在坎達哈接收了政權。

「人們好不容易盼到了主持正義的父母官，卻沒料到這正是悲慘的開始。歷史上不乏類似的例子，也因此民主就顯得更可貴了。」

「不過，民主也不是萬靈丹……」索格不假思索地說。

「那當然。民主不一定是大鵬，更多時候是隻烏鴉。」我立即接腔。

索格也無可奈何地點點頭。我想到許多政黨政客，假民主之名，行操控言論之實的霸氣作風。

「二十四年前共黨政變後，坎達哈就很難看到白人在街上行走。由於好奇，只要我們一停下來，立刻會圍過來一群人。在難以溝通的情況下，只要我們會錯意或出點小差錯，馬上惹來一陣直接而粗魯的暴笑。有次，一些年輕人把我們叫了過去，希望能讓納坦拍照。他們把一個約十二歲小男孩的褲子拉下來，把他光溜溜的屁股對著納坦的相機。小男孩一被放開，就在大伙兒的笑聲中一溜煙地跑了。這個行為的意義，令我百思莫解。為什麼這會是個玩笑？我實在看不出有趣的道理。」

「我知道在過去的台灣，或許在現今的台灣還可能存有這般『惡作劇』的男人，以別人的私密羞赧作為取樂的對象，令人不得不質疑他們『樂』的品質。不過，跟你一樣，真正的動機，我也無法解釋，可能連他們自己也說不出所以然，或許和男人的本『性』有關。」

索格不置可否地聳聳肩嘸嘸嘴。這時他發現，我只顧著說話，竟然忘了將茶包置入杯中，熱水怕不早已涼了。

「談談女人吧。我曾在沙烏地的吉達機場看到戴長頭巾的女人，她們是透過縫在眼前，有著大縷洞紗狀的布料看外界。耐不住好奇，我極不禮貌地逕自走到一名女子面前，直看到她閃動的長睫毛及不知所措的眼神，才猛然意識到自己的行為是多麼唐突。在我的書房裡，有張加框掛起的剪報，那是五個戴頭巾的阿富汗女人，除了原有的燈籠褲之外，她們的頭巾幾乎長至腳踝，活像披了被單的幽靈！伊斯蘭男人允許有四個妻子，其實只有一個，因為她們看起來都一樣。人類歷史已進入二十一世紀，像這樣的文化習俗，說實在的，我很難尊重。」

「阿富汗境內的公共場所很難看得到女人，在南部，女人更是被包裹得密不透風。除了近親之外，女孩在七歲之後，直到結婚為止都不許見其他的男人，而家裡所安排的結婚對象也往往是家族中的某個表親。如果一個男人非要跟一個女人談幾句話，又不至危及彼此的生命，就得另闢蹊蹺。

以我們為例，為了能訪談一間重新啟用小學裡的女老師，必須先得到當局的許可，再經女老師家庭的首肯，才能開始工作。」

「不容易！她們連自己的男同胞都不許見，更何況你們兩個歐洲白人。整個經過都順利嗎？」

我非常好奇，索格與納坦是如何辦到的。我坐得端正，準備傾聽。

「我們跟四位女老師在一間幾乎空無一物的教室裡談話，整個過程籠罩著一股奇異緊張的氣氛。在進到教室之前，一個較老的男人站到我們面前，至少三次，他對我們表示，教室裡其中一個女老師是他的妻子。聽他的語調不特別友善、不特別驕傲，也不準備要介紹他妻子跟我們認識，他的態度倒更像是一種警告！談話開始之後，大約每三分鐘就有人出現在敞開著的教室門口。他們仔細聽我們的談話，露出嚴肅的表情，然後消失；又回來，坐在椅子上，晃了晃腳，代替老師們回答了問題，然後又消失。半小時後，學校主持人進來，以手指頭敲敲自己的腕錶，詢問訪談還要進行多久。那是暑假期間，學生不上課。要我們注意時間的這件事上，是那麼的『非阿富汗』，就如同聽到信奉伊斯蘭教的阿富汗人吃豬肉一般！」

「她們願意談話嗎？我的意思是，她們有問必答嗎，還是不願啟口，難以溝通？」

對於女人的問題，我當然特別敏感，想知道更多。索格並不直接回答，而是先繞了個圈子，說：

「最有趣的是，我們的翻譯員是在首都喀布爾唸英語的大學生，自認為是現代的阿富汗人，夢想能娶個歐洲太太，卻不敢正眼一瞧女老師。跟這些男人們的緊張情緒相反的，竟然是老師們的態度。她們從容地談話、說笑、思考，處處顯得充滿自信又理所當然，好像除了『不蒙面，並且和不蓄鬍的異教徒談話』之外，沒做過其他的事一般！事實上她們全都沒有和陌生人談話的經驗。其中一位叫亞蜜拉的三十歲未婚老師，有十年時間，不曾離開房子一步。先是怕聖戰士的燒殺擄掠，以後是必須遵守塔里班的禁令。」

「很離奇。在一個必須完全包裹自己的文化裡成長，為什麼這些老師們顯得那麼有自信？依你看，原因出在哪裡？」

「這是個大謎。我們通常以為披頭巾的女人一定膽小羞怯，只會遵從，不會思考，沒有個人意見。這些老師們卻完全推翻一般的刻板印象，她們有主見、敏感聰慧、熱情大方。勉強要找原因的話，她們的家庭有較開通的思想而有受教育的機會，應該是最可能的解釋。」

在一個自己看得到外界，外界卻看不到自己的情境中，像是軍事戰鬥上，敵明我暗的情況下，披頭巾的女人可以有任何的思想或舉止，卻不易被發覺。這種暗地裡作業，潛藏多時後，徐徐外洩流露或一舉迸發，最是讓人不知所措的行止作為，或許是頭巾所能帶來，唯一正面的意義。這個中亞山國對女人內外在滴水不露的封鎖，一旦有了些微漏洞，讓女人有了與外界銜接的橋樑與機會，改變阿富汗面貌的契機指日可待。我只能心裡如是想，過多的詮釋，只怕會被索格認為是出了界。

「教學容易進行嗎？上課情形如何？」

「她們說，教室裡雖沒桌沒椅，學生卻擠了滿堂，五十八個六歲至十五歲的女孩就坐在地上上課。較年長的，大多已經訂婚。塔里班執政時期，女校全被關閉，男校全改為可蘭經學校。一個在塔里班垮台後才從巴基斯坦難民營回來的三十五歲老師查果娜說，女孩們都很好學，老師們也教得賣力，到了晚上聲音都啞了。這個老師有個特別的人生，妳願意聽嗎？」索格問。

我努力點點頭。

「當初她是在收音機聽到需要老師的消息，兩天後，她就來到了母校。由於得到她兄弟的允許，第二天便開始月薪五十美元的教學工作。她父親原本就有著比一般人進步的觀念，曾是高階公務員，把所有的孩子都送進學校唸書，也為女兒選擇不禁止妻子出外工作的丈夫。八十年代初，聖戰士在學校裡，當著學生的面殺了一名老師，因他是共產黨員。不多久女校被焚燬，查果娜只好到喀布爾去完成學業。八十年代末，她的父親在家裡當著家人的面被聖戰士所殺，也因為他是共產黨員。四年後，查果娜為了躲避塔里班而逃到喀布爾。當時的喀布爾正進行內戰，她好不容易找到教書的工作，丈夫則在馬樹德的部隊裡當軍官。一年後的某一天，聖戰士來到家裡打算把她丈夫帶走，她擋在門口，那些男人大笑，射殺了緊抓住她手臂的四歲兒子。後來她們舉家逃往北部，住帳篷，丈夫以開車維生，九八年卻在大街上被塔里班槍殺，她只好帶著孩子再度逃亡。他們途經酷寒的沙漠地帶，挨餓受凍，查果娜有很長一段時間不覺得痛苦恐懼，麻木了一般。她說，其實她隨時可以死，卻沒這麼做，因為得把所剩的三個孩子帶到安全的地方。」索格啜了口茶又繼續說，「其他的老師們也都有類似的遭遇。阿富汗全境在二十五年裡有超過一百五十萬人死於內戰，約佔全人口的十分之一。最令我驚訝的是，這些老師所展現的力量、精神及喜悅，似乎能教書的機會使她們有重生的希望。談到教學時，她們自然流露的激情，非常令人感動。孩子學習把小小的符號、數字變成有意義的概念；學習讀、寫、算，這是一件多麼偉大的工程！學習後，一條嶄新的地平線將會浮現，獲得自由，改變世界！」

索格說得興奮昂揚，雙手攤開額頭高聳，原本縝密的思緒頓時飛越出理智的範疇。我發覺，他把自己的想像挹注在這些女老師身上了。

「教育對女人更是重要，這點，老師們都深信不疑，也是阿富汗唯一的希望。亞蜜拉說：『聽說外面（指阿富汗之外）已有人飛上月球，尋找其他的星星，而我們卻坐在黑暗裡奮鬥。我們是有罪的，因為我們什麼都不懂。』」

這句話非常震撼人，我有些難過，不知如何接續。索格也似乎從激昂歸於平靜而陷於無言。

「所有的戰爭除了對硬體軟體大規模的破壞之外，女人與小孩的遭難，是一個國家最巨大、最無可彌補的浩劫與損失。孩子代表未來代表希望，女人最擅長醫護與教育，這兩個功能卻往往因女人被禁、被虐、被姦、被殺而無法發揮。一個幾乎要從零開始的國家或地區，醫療跟教育永遠是第一線的議題，而阿富汗對待女人的方式，令人有理由對這個國家的未來置疑。」

還是我首先開了腔，對於女人的議題，我無法緘默。

「去年底，塔里班政權垮台後，由聯合國主持，組織過渡政府的會議，在德國波昂舉行時，一再強調要聽所有人的意見，然而佔一半人口的女人，卻一個都沒出現。後經人權委員會的Mary Robinson呼籲，阿富汗各族群代表才勉為其難，讓幾個女人裝飾性地參加。事實上，說得嚴重點，沒有女人的幫助，阿富汗根本不可能建設得好。長期內戰的結果，男人死的死傷的傷，許多家庭只靠女人獨力支撐。是女人讓社會安定，讓她們的孩子能過較好的生活。她們才真正理性、務實，是框正那些擺身份、擺地位男人最有效的制衡力量。性別分離一直是阿富汗的社會傳統，男人鮮少知道女人與小孩的實際生活情況，也就沒有立場為他們說話，替他們做主，特別在醫療與教育事業上，男人就更沒有置喙的餘地。」

我一口氣說了一大段，停下稍喘時，正聚精會神的索格立刻接腔：

「在塔里班執政時，有些婦女冒生命危險偷偷組織小班上課，教小女孩也教不識字的女人讀寫；收留孤兒寡婦，集力讓生活能維持下去，比如，小型養雞場、手工場或種植梨子之類的，當然也少不了有巡迴醫療的服務。最不可思議的是地下工作，她們收留從塔里班控制區逃出來的，被追殺的人跟家屬。為了讓全世界知道阿富汗的實況，她們不只在塔里班規定要穿戴的長頭巾裡，偷偷夾帶課本筆記，還大膽藏匿相機。她們拍到了，一個公開被處決吊死的女人，一個因給婦女治療而遭毒打的牙醫，一台堆滿被截斷手腳的推車，以及那個被強迫做這種手術的醫生等等。女人們的這些行為只要被查獲，必死無疑！」

原來我對頭巾作用的詮釋與寄望並非不切實際。女人的弱，其實是男人強加賦與的結果。

「塔里班若要真能完全依照可蘭經、依照先知的教訓治國，可能還不至於太糟，可怕的是，他們以宗教之名，行恐怖專制之實！人類歷史上，他們不是第一批也不會是最後一批。」我恨恨地說。

「有次，那個茶館的老闆拉提夫說：『我們恨死那些塔里班。所有的事情都不可以做、都禁止。在我們坎達哈又特別嚴格，這裡是他們重要的據點。不過，那時候倒是沒有犯罪行為，因為沒人敢犯罪，現在又開始了，連白天都敢偷、敢搶。每個人都有一把槍在家裡，政府應該要收繳他們的武器。我們阿富汗人喜歡打仗，動不動就殺人，所以整個國家就被糟蹋了。』」索格學著茶館老闆說。

「其實瑞士人也有槍枝在家裡，男人服完第一波兵役的全套裝備都放在自家的閣樓或地下室。全瑞士就至少有四十七萬枝衝鋒槍在民間，吵起架來以槍管相向的消息，有時被封鎖。你也知道，去年楚格邦（Kanton Zug）的一個不滿份子，抗議法院連續對他的判決，在議會開會期間，拿著衝鋒槍進入會議廳，一連射殺了十多個議員後自盡。幾乎看不到瑞士消息的經濟學人雜誌，竟然也刊出了這個事件。」

「沒錯，不過瑞士的情形是一個個案、一個特例。在阿富汗卻幾乎是全民皆兵，武器遍地。究竟他們是哪一族人最善戰，我很有興趣知道。在茶館聊天時，我就這個疑惑問了老闆拉提夫，他說：『當然是我們帕斯圖人。相信我，我們真的是最勇敢的。』我說：『塔什甘人也自認為是最驍勇善戰，而且他們有個知名的將領馬樹德。』拉提夫的賣鞋鄰居先是興趣盎然地聽我們說話，終於忍不住地湊了過來：『馬樹德很不錯，可是不能跟我們帕斯圖人比。我給你講個故事，那時候我們跟俄國人打，一百五十個塔什甘人到坎達哈來幫忙。我們說，行，很好，就一起計劃了第二天夜裡的行動。第二天晚上集合以後，我們說，你們是客人，不用打，在一旁等著，我們自己幹。我們打了大半夜的硬仗，四小時後回來，殺了好多俄國人，贏了！問那些塔什甘人覺得如何，他們承認我們比較強，不敢再跟我們比了。』我看他們笑得很有自信，就問他們對阿富汗未來的看法。拉提夫認為，現在和平了，美國人應該多待一段時間，否則戰爭就會再度發生。」

索格生動地描述了他和當地人的談話。我卻對美國的進駐不以為然。

「所以這可能是俄國入侵阿富汗近十年，卻無功而返的原因之一。入侵的正規軍和草莽的游擊隊交鋒，由於毫無規矩可循，也對對方的實力與地理氣候不熟悉，可能愈陷愈深。戰線拉長，時間拖久，勝算的希望就愈渺茫。不過，他們歡迎美國長駐，倒是出人意料。」

「阿富汗人的美國情結相當複雜，光是坎達哈一帶的帕斯圖人就有不同的意見。我給妳舉個例子，那個害羞的翻譯員哈比出生於黑爾曼省（Helmand），他好意邀請我們拜訪他的家庭。叔叔莫漢是個年約四十出頭的魁壯漢子，他開車來接我們到位於沙漠村子的家。一路上風馳電掣，路旁的駱駝及帳篷全被捲進急駛吉普車所掀起的塵雲裡。莫漢繼承了在宗教職位上的頭銜，對他塵世的事業有莫大好處。他擁有一家修車場，大倉庫裡堆滿汽車零件，也有一家小型醫院，自己還當起醫生，給病人開藥，有的治頭痛腹痛，有的是他自調的藥水用來驅魔逐邪。在村子裡他身兼排解糾紛與協調的工作，過去是塔里班的顧問，現在則是新政府的顧問。此外，他還是個大地主，有佃農為他效勞，可是他不種鴉片，因為鴉片不符合伊斯蘭精神。」

「這真是個典型的例子。很多人在不知不覺中，或有意無意地把有錢跟有學問、有能力劃上等號。最可怕的是，荷包飽滿的人容易把自己神化，自認為是萬事通。我看他是不愁吃穿，不缺錢用，才能這麼正義凜然，才認為種鴉片不符合伊斯蘭精神。」

我對這名有錢叔叔的正直動機有所懷疑。金錢當然不是萬能，只是很好用。

「我也這麼認為。黑爾曼省出產全阿富汗三分之二的鴉片，一定是他的收入能支撐他抵擋鴉片所得的誘惑。莫漢的鄰居是個滿臉皺紋，笑起來有點瘋癲的老人。這人種植玉米、雜糧、蔬果跟罌粟，他家場子上還堆有前幾週收割後曬乾的莢果。他賣一公斤麥子只賺五角錢，市場上的販子能以三百二十塊錢美金跟他買一公斤的鴉片。目前他有五十公斤的存貨，相當滿意。不過，他說去年就很糟。歐瑪跟賓拉登買斷所有的鴉片收成，放在倉庫裡，然後焚燬全部的罌粟田，等市場上缺貨時才高價賣出，賺取暴利。一般的農民只能花光積蓄甚至舉債度日，很多年輕人因此而不能結婚。這個鄰居老人有個二十九口的大家庭，他說，不種罌粟只能去乞討。」

「這些和他們對美國的態度有什麼關聯？」

我一直等著索格談阿富汗人對美國的不同態度，怎麼他老提鴉片的事？

「別急，馬上就會談到。」索格說。

我心想，如果索格有意以個人背景來反應態度，那麼這個莫漢叔叔對美國的意向就很清楚了，應該是個標準的反美派。

「莫漢的後花園簡直是個奇蹟。在一道黏土牆後面是不折不扣的沙漠綠洲，有遮蔭的行樹、茂盛果園、玫瑰花圃、清涼噴泉，是個充滿色彩花香的伊甸園。我們就坐在舖有地毯靠枕的石階上喝茶喝果汁，談話期間陸續有其他親戚朋友加入，直到盛滿飯肉菜的大盤端出的晚餐時分，至少有二十個男人在場。」

「你的描述有違我對阿富汗的印象。」我滿心狐疑地說。

索格這時才第一次笑出聲來。他不再像取笑歐瑪官邸般地譏評莫漢的花園。大自然由不得人的品味來訂定價值。

「等到大家彼此較熟識了，我開始問莫漢，他對前陣子一千五百個名流顯貴，在喀布爾會議裡所選出的新政府有何看法。不只是莫漢自己，在場的其他男人都不承認會議的結果及新政府的存在。他們認為，美國插手干預，馬樹德的北聯佔上風，喀布爾決定的任何事項，跟黑爾曼完全無關。莫漢還撂下話說：『如果有誰敢在我們頭上強加規定，我們會全體一致，以任何手段做出必要的反應。』『不排除暴力？』我特別強調提醒。『以任何手段！』莫漢嚴正聲明，其他人全都點頭贊成。」

「雖然同是帕斯圖人，相對於坎達哈城裡，茶館和鞋店老闆對美國的歡迎，莫漢家族是反美到底。我的解讀是，無法自力解除衝突的，希望借助外力以改善生活達成目標，已經擁有財富的，則需要權勢的襯托，更顯榮耀。」我說。

索格向我豎起大拇指，又繼續說：「絕大部份的阿富汗人只效忠自己的族群，只承認自己的出處，沒有所謂的愛國情操或忠於憲法。二百五十年來阿富汗一直是帕斯圖人的天下，雖然過去五十年陸續接受國外的資助，而有了初步現代國家所需要的基礎建設，八十年代俄國的入侵以及九十年代的內戰，卻讓這些建設遭到損毀，也讓帕斯圖人的權勢趨於瓦解。現在北聯坐鎮喀布爾，對莫漢而言，等於是政權被竊據，是帕斯圖人的恥辱，他當然不可能承認目前塔什甘人對阿富汗的治理，對於美國這個幫凶，更是去之為快。有趣的是，同在莫漢花園裡，倒有個唯一持不同心態的人。這人纏黑頭巾坐在稍遠的陰暗處，一直悶不吭聲嚴肅地看著我們。據說他也是莫漢的兄弟之一，過去曾是塔里班份子，去年底被北聯逮捕，一個月後被贖回來。我一直試著引他談話，他的語言卻似乎有著某種限制，連彬彬有禮的翻譯員哈比都很為難地微笑著說，他的親戚沒受什麼教育，希望我不要再問下去。可是，為什麼伊斯蘭塔里班殺害同是伊斯蘭的其他人？為什麼全世界的伊斯蘭都送女兒上學，只有塔里班不願意？為什麼把塗指甲油婦女的手指剁掉？為什麼不穿燈籠褲不蓄鬍子就不是好的伊斯蘭教徒？我向這個不太說話的男人提出一連串的疑慮，從他陰鬱聲音裡出來的答案卻永遠是：先知穆罕默德，平安與他同在。然後就開始唸段經文之類的，活像部錄音機。我卻仍不死心，當我問到，這麼多年來塔里班除了清真寺之外，什麼都沒建設，現在誰應該在阿富汗再蓋起街道、醫院、學校、工廠、住房、水電設備時，他的回答竟然是：『外國人！』『為什麼？』『因為他們是好人。』」

索格皺起眉頭攤開雙手，表示他對這名塔里班份子思想邏輯的不解或不屑。而他定睛對我直視的眼神，透露出對我也持同樣意見的確定。應該是極力保存數百年前先知生活習慣氛圍，而拼死抵擋外界誘惑的保守派，竟承認現代建設是好事，而主其事的外來者是好人！

「所以這個人的生活藍圖很容易拼湊，建設是外國人的事，其他的就按照伊斯蘭的指令做，如此這般等著老死，也是方便。」我有點嘲弄地說。

「我們到黑爾曼省最主要的目的，是想看看鴉片市場。當這個不笑的塔里班知道我們的意圖時，竟破例開口說了些話。原本哈比不願翻譯，經過我們的堅持，他才勉為其難地說：『他認為你們去到市集，會被兩勒插刀！』」

「你們還是要去？」我好奇地問。

「還是去。」索格肯定地說。「第二天早上，莫漢一反昨天的態度，向我們表示，無法再留我們當客人，因為他不能保證我們的安全。」

「是因為你們堅持要去鴉片市場，才下逐客令？」

「不清楚。這些人有他們自己的思想邏輯與溝通系統，外人根本無從了解，也找不到切入點。就像穿過不透明玻璃看東西，明明知道玻璃後有物體移動，卻不知道是誰或為什麼。」

我開始感到不對勁，開始覺得索格與納坦的安危曾受到威脅。

「莫漢開車送我們出門，卻不直接到達市集，我們只好提前下車。走一段路後，發現市場上的人全緊繃著陰沉的臉，似乎一個微笑就足以把臉漲破。哈比忙著向左右打招呼，卻少有人理會，只有一兩個停下來和他交換幾句。哈比看起來相當緊張，事後我們才知道，當時那些人對他說：『你真丟人，你是從慕斯林家庭出來的，祖父是長老，你居然跟美國人一起散步！』當我們轉入一條鴉片店林立的小巷時，身後立刻聚集了一些人，一下子就把我們層層圍住。哈比開路，我們尾隨，幾公尺後，我們停在一個鴉片攤前。那販子坐在地上，旁邊有一支白鐵箱子，裡面全是三公斤一包的鴉片。哈比對他說：『這是兩位瑞士記者，希望能拍幾張照片，問幾個問題。』那販子只是笑笑，不吭聲。隔壁的攤子也是同樣的反應，我們仍然沒有收獲。這時，人愈聚愈多，整個巷子被擠滿，我們完全被死鎖在人牆裡。除了間或有一兩個句子從人群裡傳出，換來幾聲乾笑之外，完全寂靜無聲。我只懂得兩個字America和bura bura！後面的字是趕小孩或趕狗用的。究竟當時他們說了些什麼，哈比始終不願透露，即使利誘加恐嚇，他也懇求我們不要再追問，就只說：『我不可能說出來，這會使你們更難過。』」

「事有蹊蹺，然後呢？」我等不及地問。

「納坦示意我回頭走，哈比也同意。我們緊繃著神經，故作觀光客逍遙的樣子，微笑著慢步往回走。我們三個都很清楚，只要有人開跑，絕對是招引他們將我們剁成肉塊的訊號！人群隨著我們移動，相互推擠，氣氛詭異，離我們身後不遠似乎開始有了小騷動。有個跟在納坦旁邊的小伙子引起我的注意，他幾乎是碰到了納坦的身體，不懷好意地直衝著他笑。就在那小伙子拉長衫的剎那，我清清楚楚看到他緊握著一把刀！」

「這種可能是要讓自己的刀子染上別人鮮血才會被認同的小傢伙，最可怕，最防不勝防。後來是怎麼全身而退的？」

「就在這時候，來了幾個軍人。起先是三四個，後來十個或更多。他們突然出現，我們完全不知道他們從哪裡來或誰派他們來。這些軍人以橡皮管、槍托驅散人群，他們邊打邊罵，人群散了又聚，聚了又散，像一群頑固不堪的蒼蠅。整個市場秩序大亂，不知經過了五分鐘還是一小時，我們才被保護到市長辦公室。市長的說法是，剛剛出了點安全上的問題，現在已經解決，還請我們在軍營裡過夜。」

「到底是怎麼回事？」

「不知道，直到現在我還是不明白真正的原因，只能勉強猜測，他們不喜歡美國干涉阿富汗的鴉片種植。目前在阿富汗境內有美國駐軍，他們很容易把所有的白人都約化成是美國人。」

「很有可能。幾乎是阿富汗經濟動脈的鴉片，偏偏又是全世界打擊的對象。要讓一個古老貧困的國家放棄民生收入來源之一，無異要迫使許多人面臨生存的威脅。如果這一論點成立，市場上那些人的態度，就找得到解釋。老天真給這個國家開了個大玩笑！」

談到此，我們雙雙不約而同地沉默下來，似乎是為阿富汗的未來感到憂慮，卻也因著對這種無解的憂慮而感到沮喪。

* * *

索格在他的報導上寫著：「歐瑪的官邸——禁止入內，是美國下的禁令。年輕的士兵站在官邸入口處衝著我們笑。他知道我們的要求，我們當然也不讓他失望。施給一點小惠，他也就搖身一變換了角色，當起嚮導來。曾經是無上尊貴與崇高權威的處所，現在卻因廢棄而顯得蒼涼與荒蕪。歐瑪在匆促出逃時無法帶走的物品，被反塔里班的民兵悉數沒收，或更好說，洗劫一空。拆不掉帶不走的，或許可以透露出原屋主僻好的端倪。歐瑪意圖復興伊斯蘭教，一個不受污染，純粹無暇，像太陽般炙烈，像刀劍般快銳的伊斯蘭。他要阿富汗人如同第六世紀，那個遙遠而滿是先知的時期一般生活，要把坎達哈建立成第二個聚集伊斯蘭智者的麥加，讓全世界受壓迫的伊斯蘭子民能夠找到真正的庇護所。巴基斯坦、沙烏地的情報組織及慷慨大方的信仰兄弟賓拉登的捐獻，使其夢想幾乎成真……」

如今，坎達哈的塔里班被趕盡殺絕，歐瑪本人渺無音訊，官邸蒙塵無華。坐在蘇黎世高雅潔淨的餐廳裡，我似乎看到蕭瑟的夕陽，映照著坎達哈城歐瑪故居人去樓空的無奈。這個曾權高一時的教長，因錯估時態與缺乏寬廣視野的執著理想，招致生靈塗炭，荒漠泣血，而美國和其他聯軍的進駐以及伊斯蘭的自我掙扎，則寫成了阿富汗紛爭不斷與前途未卜的現在史。

去喀布爾，不必帶頭巾

「上衣要長袖，要寬大，原則上就是不能顯露身材」，Kessler太太在電話那頭，懇切地給我忠告，「離開首都，特別是到鄉下，要把頭髮包起來，只露出臉。這是他們的傳統，我們應該尊重。」

Kessler住瑞士南部義大利語區，曾召告親友，聚積了近四百公斤的物資運到阿富汗，卻因貨運班機出岔，耽擱了一兩個月，她耗掉許多時間精力洽詢辦理，發誓再也不做這等事。

Margrit一直在國際紅十字會工作，曾兩度被派到阿富汗，她也是穿寬衣包頭巾的執行者。目前她人在蘇丹，電郵上建議我準備一般藥房可買到的淨水片，「沒有瓶裝水的地方，淨水片很管用。」

我偏不！如果我在男人的大襯衫裡不顯得好看，如果行李袋裡的頭巾不純粹是為了禦寒，阿富汗人也必須尊重我與他們之間的差異。非年少的叛逆，少了賀爾蒙的操弄，多了不假修飾的理直氣壯。至於淨水片，只一週的時間，也用得著？去阿富汗，我單獨前往。

阿富汗近六十八萬平方公里的土地上，只有不到兩千八百萬的人口。原是世代自養，安靜得幾乎不存在的中亞古國，卻因美國擒拿頭號假想敵賓拉登的軍事行動，而被一舉炸到世界舞台的最前端；連同伊拉克，目前是美國納稅人所繳稅金的第一歸宿。

＊　＊　＊

西歐的飛安記錄不斷提昇，只有瑞士反降，而蘇黎世機場的效率是，每三架飛機便有一架逾時起飛。我搭上的，自然是遲遲不肯離家的瑞航班機。

好不容易到了迷宮般的德國法蘭克福機場，扶梯上扶梯下，又乘了穿梭電車才到達正確的航空站，卻沒料到麻煩正要開始。

按照阿富汗唯一飛國際線的Ariana航空公司電郵上的指示，來到早已擠滿人的第七六二號櫃台。輪到我時，還沒來得及開口，突然搶進一位上了年紀的先生，焦急地和有著美麗大眼睛的阿富汗小姐交涉。過了好一會兒，我才當成了主角。大眼睛看了我的票，說：「妳已經有票了呀，這裡是賣票的地方，妳應該去另一邊排隊，拿登機證、交運行李，然後到指定的閘門等機。」謝謝大眼睛對我這個有二十多年搭機經驗乘客的詳細解說，心上已對Ariana航空的運作記下第一個錯誤。

登記櫃台開了四個，隊伍卻不只四排。Ariana允許每個經濟艙旅客攜帶三十公斤行李，比其他公司多出三分之一慷慨的效應是，幾乎每個乘客都攜有一龐大的行李箱，另外，麻繩編的大籃子、厚紙箱、厚紙袋等，任何可裝盛用的粗牢容器全部出籠。隊伍前進得極慢，一群人擠在櫃台前，人我之間是一堆巨大的「貨物」。環顧四周，阿富汗的年輕女子穿著入時，有著優質皮膚的臉龐上了粉彩妝，環狀耳飾在燙捲的長髮間不住晃動，低腰牛仔褲上露出沒有妊娠紋的腹部，腳上蹬著雙有一大段尖頭的火箭鞋。一些老婦人則包著紗質鑲邊的頭巾及穿著絲料的長袍。只有我，為了尊重要拜訪的國家，而謬誤地把自己裹得一身黑。

這些人並不高大，多話，帶著幼童又不嫌麻煩地拖拉大批行囊，豈不與過去台灣人出境回國的景況相當。很可以想像，這許多大小包的負擔之中，有多少是親友託帶或自己打算餽贈的。台灣人就在這種請託與相送的人際情境下，走出物貧的年代，走入嫌惡某些國家海關繁瑣盤檢又明目收賄的現世今日。

下了機場接駁車，在登上 Ariana 從法蘭克福直飛喀布爾的班機之前，天開始落下毛毛雨。斜風勁吹，時序雖已四月底，卻了無春意。

在機艙裡枯坐一小時之後，才又陸續進來十多人，其中之一是那個戴羊呢帽、墨鏡，身著長衣的老爺爺。他曾在機場登記櫃台前的旅客與行李之間，無數次來回穿梭，更在我與大小物品極窄小的空間裡，目中無人地從我面前悠閒走過，不但不欠身借路，還逼得我必須後退一步。這批和我幾平同時辦理登機手續的人，遲至一小時後才在機艙出現，是因行李超重引起糾紛難以解決？早已將自己準備好接受無以解釋的突發狀況，此事姑且算是記錄上的第一筆。

這班機裡大約有二十來個兩歲以下的幼童及嬰兒，晚間九點，又餓又乏又無法舒適睡眠，哭鬧自是難免。於是在遲飛一個半小時，機長不道歉也不做任何解釋的情況下，我疲累地飛向無知。

＊　＊　＊

早晨的天空蔚藍靜謐，目的地就臨在眼下。荒山大漠，嚴峻沉重，綿延挺拔——喀布爾（Kabul），阿富汗首都，座落在一千八百公尺的高山上，是大多數同機人的故里。而我，出生亞洲的女子，隻身前來造訪這座中亞古都，為的是要找尋逝去的英雄。

喀布爾國際機場，冷清稀疏地停駐了四五架飛機。禿山環繞，平地遠處站著幾棟沒有色彩的建築。旅客必須下機等接駁車的情況，可是我個人全新的經驗。接駁車身靠前門處畫有一面日本國旗，旗下是 from the people of Japan 等字樣。上了車，人還沒站穩，輪子也沒來得及轉幾圈，便得下車。大廳一下湧進兩百多人，卻也不嫌吵。著簇新綠制服的警察到處散發粉紅色的通關單，要人填寫。如同過去的台灣，排隊有禮的是外國人，鑽洞插隊的是本地佬。隊伍長龍的頂端是坐在小亭子裡，以手抄寫護照資料的海關。在德國機場的摩登女子，突然各個穿起外套包起頭巾，肚臍眼不見了，大耳飾消失了，只因為她們已回到家。望向僅二十來步之遙的行李堆，慶幸自己只有一背包、一手提袋，不需要孔武有力過關斬將，才能在一個個被丟甩出來層層相疊的大型笨重行李小丘中，挖掘抽拔自己的物件。

第一次，我必須在接機的人群中因驚訝而駐足：出口處，站著兩排人牆，中間空出的走道僅容一次一人通過。兩邊「隊伍」井然有序，安靜不嘩。有的女人、孩子手裡拿著鮮花，有些男人攤展所要迎接者姓名的紙張。好似走上伸展台，我昂首挺胸開步向前，人人睜大黑眼睛，好奇地盯著輕裝簡囊的東方女子，我也從容報以微笑。

在某些國家，簡陋的國際機場外圍原是計程車司機的廝殺戰場，能夠搶得旅客往市中心一程，往往是當天收入的頭彩，喀布爾機場是個例外。只有在我四處張望尋找來接機的澳洲人Ashley時，從何處竄出來一個微弱害羞的聲音，說：Taxi?

從未見過 Ashley，他只在電郵中提到，原本和朋友在澳洲爬山的邀約因故取消後，獨自流浪到這個高山古國。他為旅遊雜誌拍照寫稿，落腳在喀布爾已三個多月，捨不得離開，打算長期留下來。

不認得來人，只得由來人認我。呆站在人群裡等，身旁的本地人突然以極好的英語問：「需要幫忙嗎？我的辦公室就在這裡」，說著便指指旁邊服務中心似的空間。相談之下，才知道他是為政府的ATO（Afghan Tourist Organization）工作。後來他慷慨地讓我使用手機。原來Ashley早已等在門口，一轉身，看到那個不認識的人正向我招手。

Ashley開來一部棗紅色的越野車。這名高瘦的男子也不懂得扶女士一把，逕自跳上駕駛座。雖是右線行駛，方向盤卻在車子的右側，Ashley竟也開得神色自若。不久後我便發覺，在喀布爾街上跑的四輪車，絕大部份是來自日本的二手貨。

到處沙塵滿天飛揚，喇叭聲於耳不絕。汽車佔大多數，腳踏車是有些，機車卻極少。男人衣服的色彩，正如同從機上鳥瞰喀布爾城本身及其週遭的大自然，棕黃卡其是主色調，樣款則是一式的寬鬆長褲，前襟開有幾個扣孔的過膝長襯衫，以及深色外罩背心。女人不多見，有些仍著淺藍色布卡——一件大袍子從頭頂罩至腳踝，只在眼睛部份剪出空洞並縫上可外看的網狀布。塔里班時代，布卡幾乎是全阿富汗女人的標準服飾，現在就只是出於傳統上的個人選擇。

「怎麼不到中午就有孩子在街上逛？他們不上學嗎？」

車道旁走著三三兩兩的孩子，令我感到好奇。

「有的是早上七點到十點，有的是其他時間上課，我不是很清楚」，Ashley 操著一口我不熟悉的雪梨腔英語，又要在混亂的交通裡費神闖蕩，要聽懂他說話得豎起耳朵才行。他不住地介紹哪條街有哪國使館，哪棟建築裡有哪個部會。我眼裡、耳裡、心裡充塞著陌生與無知，這才意識到自己的確實現了計劃近一年的旅行，真正身處被國際間標示為不安全國家，卻有著豐富伊斯蘭文化的古國。

到了預定好房間的 Park Residence，經過一番梳洗，在旅館旁 Internet Cafe 裡換了錢，便抓起背包，獨自上街。

塔里班垮台後兩年半的首都街道，各式車輛往來雜沓，行人道上隨時會巧遇一堆未經處理的垃圾；公園裡附設洗車區；攤子上排列整齊的大橘子鮮黃奪目；著布卡的婦女抱著孩子向人乞討；小學生拿著幾張報紙沿街兜售；失去雙足的老人坐在離地幾公分的滑板上過馬路，開著白色UN車子的當地人不見得願意讓他先行。

來到一個賣吃食的攤子前，中年漢子和他兒子的面貌不似此地人，倒像是來自中國內地。問了水餃樣東西的名稱，竟然是「饅頭」！顧不得無處不在的灰塵，我隨興要了一盤。漢子打開蒸籠，用那隻「什麼都做」的手抓了幾只「饅頭」在鋁盤上，又熟稔快速地淋上黃豆醬與白優格。嚐了一口，「饅頭」裡包著什麼不知名的菜，酸酸的優格令人再餓也沒有胃口。雖不喜歡，卻也必須整盤嚥下。在一個語言不通，寸步難行，完全不知道下一步該怎麼走的陌生環境裡，我必須有足夠的體力才行。

「知道我要來阿富汗的人都瞪大眼睛問為什麼。」

想起先前在車上時，跟 Ashley 這麼說。

「沒錯，朋友們知道我要來此地，反應就好像我得了癌症，一個禮拜後就要沒命了！」

「瑞士外交部網站不鼓勵國民到阿富汗旅遊。」

「大家被塔里班、地雷及美國炸彈嚇壞了，其實這裡人熱情、友善、好客，妳很快就會發覺。」

身旁的車輛行人匆匆，Ashley的話在腦子裡輪轉，沙土飛撲得滿頭滿身，恨不得有件布卡把自己罩個乾淨。我來，是為探索一個傳奇，以為深入了解，便能擺脫那如影隨形的英雄鬼魅。獨自徒步在無法令人專心思考的喀布爾大街上，我感到從未有過的孤寂。

* * *

「不能便宜一點嗎，Latifi？兩百美金不是小數目！」

一塊錢美金相當於五十阿富汗幣，那盤「饅頭」也不過二十塊阿富汗錢，比較之下，一天一百五十，兩天兩百美金的潘協爾峽谷之行未免太貴！

「我不賺妳的錢，只希望妳回去後幫我多宣傳。去潘協爾峽谷，一趟路至少四個小時，而且一般的轎車沒法勝任，一定要有四輪傳動的越野車才走得了。那裡的路況極糟，只要去一趟，妳就知道絕對值得這個價錢。何況還有汽油、司機、導遊及吃住，全包括在內。」

Latifi是我住宿旅館的主持人，身材矮壯，聲音宏大，說話清楚，似乎有著用不完的精力。除了擁有這家八十五間房的旅館之外，正積極在阿富汗各大城蓋建連鎖飯店，擴大他的企業版圖。

「不過，我是單身女子，怎麼好跟陌生男人去到荒郊野地，又要過一夜。你能不能……」

Latifi介紹他的「表弟」，與他相似的身貌，看起來安靜些。我立刻心生女性特有的警覺，便跟Latifi借一步說話。

「放心，我表弟Aziz是老板，平常不自己陪觀光客出遊，為了妳的方便，我請他這次一定要破例。他爸爸曾經是交通部長，他岳父是以前的內政部長。他太太也一起來……」

Latifi又急又快地提了好些複雜的關係與頭銜，我只知道有兩名重要人物的近親或後代要陪我出遊，特別是有女性同行，讓我放心不少，也更讓我無後憂地在晚餐時和兩位被大英博物館派來的勘察人員，談談她們的實際工作內容。

我執意要探訪的潘協爾峽谷（Panjshair Valley）位於喀布爾北方，是塔里班時代唯一沒被那個古怪政權佔領，阿富汗東北端領土的一部份。這個峽谷曾遭遇許多爭戰的蹂躪，卻從未失陷。蘇聯入侵阿富汗十年，曾九次企圖拿下潘協爾，全靠馬樹德（Ahmad Shah Massoud）領軍鎮守。這頭頑抗不屈胸懷坦蕩的潘協爾雄獅，也成功粉碎了塔里班控制全阿富汗的計劃。

＊　＊　＊

天氣晴朗，由於柴油車廢氣及無時不在的沙塵，喀布爾似乎沒有藍天。Aziz 準時九點接人，隨他走出旅館的大鐵門來到停在路邊的 TOYOTA 越野車。把手提行李放在後車箱，打開門正準備登車，嚇，一名黑衣女子已等在車內！她的頭髮及臉的絕大部份全被黑頭巾裹住，只剩下一雙美麗的大眼睛，讓人想起十多年前一本暢銷書 Not without My Daughter 的封面，也是這麼張，光有烏黑明眸卻不見深層表情伊斯蘭女子的面孔。

還沒來得及回過神，黑衣女子已對我伸出右手，以英語向我問安。

「這是我太太」，Aziz說，「這是我的三個孩子，他們也一起來。如果妳不願意，我可以立刻把孩子送回家。這是妳的旅行，請妳決定。」

首先是只見半個人的黑衣太太，突然間又多出三個親愛可人的小小孩，不容思考地，我只能開展笑臉，連連稱是，立即同意大夥兒同行。如此，原是我個人的二日行程，卻成了跟著一個家庭去郊遊踏青。

導遊、司機兼翻譯的Aziz和表哥 Latifi 合夥經營，是飯店、旅行社兼汽車出租的工作。除了表哥堅持要他親自和太太 Malalai 陪我一趟之外，也帶三個孩子同行，是因為岳父大人在潘協爾有棟房子，他們原本每隔數月便要下鄉過夜。Aziz 設想，全家出動同行，除了讓我減少疑慮不必擔怕，他們也樂得到峽谷拜訪春天。

北行的公路只有一條，愈駛向郊區，車輛雖少些，只要人人開得猛快，也不見得安全。車行經一處至少綿延一公里的巨大空地，人群車輛雲集，Aziz說，這一帶是交通樞紐，南上北下，東西交行的人員車輛均在此停駐轉搭。放眼四望，不見標示招牌，只覺紛亂一片，外地人自是難以一眼看出其中自有的規矩系統。

在車裡的 Malalai 拉下頭巾，露出濃密烏黑的長髮，以及青春淡彩的臉龐。她的英語有限，卻是逃難期間，好不容易在巴基斯坦完成九年基礎教育的成果。

「我可以知道妳的年齡嗎？」

Malalai年輕貌美，卻已有三個孩子，很令人好奇。

「我二十四歲」，她大方地回答，似乎嗅出了我的疑問，便繼續說道，「十五歲訂婚，十七歲結婚，大女兒就要上小學了。」

「妳和 Aziz 怎麼認識的？」

既然街上的另一性別幾乎絕跡，年輕人到底在何種架構下進行愛情遊戲？女人當然懂得如何與女人交談，話題雖不新鮮卻耐人尋味。

「我爸爸和他爸爸是舊識，他們決定婚事之後我才看到Aziz。他長得好看，讓我很開心。」

「如果婚後彼此不喜歡，合不來，怎麼辦？」

「離婚對雙方家庭是大恥辱。我和Aziz 處得很好，我們很快樂。」

Malalai 說完，嫣然一笑。

市集地，成堆的西瓜排列整齊，馬鈴薯散落在一人高麻袋的四周；騎腳踏車的男人載個破了洞的紙箱，裡頭裝了些什麼；屠宰過的動物被切割成一塊塊，掛在攤子前招蒼蠅。

「妳看那些遊牧人」，Aziz 示意要我望向左窗外，極目處是幾頂帳篷，周圍有人走動，一些羊仔散步在四處。

「他們從北方來，以牧羊為生，過不多久，天氣轉暖了，就要再回去。」

「他們賣羊肉、羊奶嗎？到哪裡賣？」

「市場啊」，Aziz 回答得簡單明瞭。

我的問題當然愚蠢，卻又耐不住好奇。沿路雖有些個市集，卻相隔甚遠，要賣掉羊品，若是沒車運送，豈不要一走十多公里！

車子前座的孩子們開始有些騷動，Malalai遞給她們餅乾及可樂。兩個女兒和最小的兒子全都有圓大而巧慧的黑色眸子，只是稍嫌瘦小。

「妳看這些房子。」

Aziz直指公路右側一些方形建築，如同隨意丟棄的巨大火柴盒，與黃土地同一色調。

「這些都是難民回國後自己蓋的。其實這一帶不准蓋房子，可是只要政府一干涉，他們就會拿出槍來。這就是我們阿富汗的問題。」

在荒地上蓋建居所，缺水缺電缺衛生系統，自是不難想像。政府禁建，民間卻以武力護衛勇往為之，這一現象，就只有據地為王稍可解釋了。在Park Residence認識，服務於英國公司的馬來西亞華僑王先生便談到，他們來喀布爾幫忙市區規劃的工作還在起步階段，相當不容易。而這種在荒地上的違章建築，大概就只能任其滋長了。

Malalai在會車時、市集處或任何有人群的地方，立即把披在肩上的長巾罩在頭上，一旦過了「警界區」，就再拉下，如此反反覆覆，卻也不嫌煩。我意識到，包頭巾是外來的要求，車內的私人領域並不做此計較。

「如果妳不把頭髮遮住，會發生什麼事呢？」我好奇地問。

「什麼都不會發生，只不過他們看到我是慕斯林卻不包頭巾，會認為我是壞女人」，Malalai對我解釋道。

「所以包頭巾是好女人的標誌，可是我不包呀，他們會怎麼看待我，對我怎麼樣呢？」

「沒關係，他們知道妳和我們不一樣，不會要求妳和我們做同樣的事。」

「這個鎮叫 Charekar，戰爭時，這裡是馬樹德的根據地之一」，Aziz插話進來，盡責地為我做簡報。

戰時？阿富汗遭蘇聯入侵十載，接著是連年的軍閥內戰，後續有塔里班政權的擾攘不安，馬樹德一生的經歷其實是阿富汗的現代戰爭史，Aziz可有明確年代在懷，有哪個時代馬樹德無役不參！

Charekar的市街交匯處，在一個檢查站似的崗哨上方，是一幅馬樹德頭戴羊呢帽，身著藍色外套的大畫像。畫像上的背景是蒼鬱的山嶺，與實際環繞小鎮的褐黃荒土相較，顯得突出而豐沛。愈靠近潘協爾峽谷，馬樹德的畫像愈是如影隨形。他多慮風霜的容顏不時出現在汽車的擋風玻璃上，在雜貨店的屋簷下，在小餐館的木門上。「我們都非常喜歡他，尊敬他」。Aziz的說辭，即便是山水盡頭，印證仍舊處處鮮活。

馬樹德的畫像具體化了他在群山中羈留不散的英魂

「我的飛機鄰座是來自南部坎達哈城的茶葉商，他不喜歡馬樹德。」我有意刺觸人們對馬樹德的神化態度，便不拐角地說了在飛行途中的經驗。

「坎達哈是塔里班發跡的地方，他們應該不喜歡馬樹德」，Aziz回答得理所當然。

「可是那人是帕斯圖族，你也是，而馬樹德是塔吉克族」，話才一脫口，便擔心自己是否抵犯了什麼禁忌。

「他是南部的帕斯圖，我是北部的。」

阿富汗族裔複雜，彼此間的成見暗鬥，非在地人無法洞察。Aziz不惱不慍地解釋，才讓人寬了心。

鎮與鎮之間數十公里的無人地帶，山路顛簸難行，搖晃間令我憶起數年前搭乘蘇聯直昇機飛行高加索的經驗。當時由於大霧不散，迫降在一廢棄的駐防地，改乘吉普車，而見識到在山道上出現小溪奔流的景況。

有時河川對岸遙遠處，突然冒出積木般的黃土塊，Aziz卻說，那些以前全是平常住家，戰爭期間整個村子被毀，村民四處逃竄。有時郊野空地上，忽地豎起嶄新的二層樓建築，馬樹德的巨幅畫像高置於平台上，俯視他曾誓死堅守的蕭索大地。Aziz解釋，這些或深紅或鵝黃的現代建築全是校舍。塔里班時代，緊鄰中國及塔吉克斯坦的阿富汗東北角，是唯一允許女子上學，只佔全國十分

潘協爾峽谷中的街景

之一領土的邊陲地帶。馬樹德本身是個嗜好讀書，對於教育不吝投資的將領。潘協爾自去年（二〇〇三）起獨立成一個省份，較有建設地方的自主權，馬樹德的遺風似乎在這些學校建築上具體呈現。

待我們搖晃到下個小鎮，已是中午時分。在主要道路上逛了一趟，Aziz很快便找到一個小餐館。Malalai熟稔地包好頭巾，一手抱著小兒子，一手拉著她黑色長袍的前擺，俐落地登上鐵梯。

「我們可以有自己一個房間」，Aziz 突然消失又突然出現後，神情愉快地說。

他既要解釋我一路不絕的提問，又要小心駕駛，以免車胎陷入泥沼坑洞或滑落溪谷，更要注意他身旁前座兩個女兒的安全，勞神費力的他，恐怕要餓壞了。

我們的「廂房」地上鋪著紅黑條紋相間，並不顯得乾淨的薄毯子，靠牆處則是長寬形，只有數公分厚的坐墊。有人拿來一塊塑膠布攤展在毯子上，成了進食的桌面。幾片圓長的薄麵餅首先出現在「桌子」上，陸續有摻著葡萄乾的米飯、燉煮香嫩的羊肉及烤羊串上場，鋁盤上一些綠葱和小小的紅圓蘿蔔就是一道「菜」。他們不特別招呼客人便開始吃將起來，用手。我雖曾在新加坡的印度餐廳練習過，卻仍學不來如何以三個手指頭把米飯夾肉塊毫不閃失地送入口中。他們給我一支叉子、一支調羹。

再度上路之前，Malalai轉進廁所又轉出來。「這是個可怕的地方」，她不悅地說。

再糟的情形都經驗過，我提起廁所邊間地上的一壺水，以迎戰的心情走進淪陷區。心想，廁所沒門在此時此地早已不構成問題，腳步要在何處踏站，比較需要些臨時起意的小技術。然而，「圓洞」四周的情況比想像好太多。出關後，我微笑地對Malalai說：「該妳囉」。

＊　＊　＊

然後，雄獅故里，潘協爾峽谷來了。

黃土遍地，荒山矗聳，車行經過，飛沙走石，晃盪顛簸。左邊峭壁下是缺了柏油的裸土山路，山路與右側懸崖間則是長年清水奔湍，巨石激浪的大河。進入潘協爾唯有一條窄道，峽谷的天險阻拒了淨土被奴役的命運。

沙漠無邊，土石荒野，孤涼蒼寂

窄路轉彎處，見不著對面是否來車，不知何處竄出的漢子，站在其他國家一般公路上大圓鏡的豎立點，充當交警。他雙手左右揮動，示意開車者目不及處的路況，是為了索討另種過路費。

什麼時候大河消失了，目窮處盡是土石荒野，連山連天，孤涼蒼寂。前不著村，後不著店，許久之後，偶而冒現的河川旁邊，才有茂密的樹林，才有凋敝的小村。Aziz不放心地幾次停駐查看車胎是否受損，三兩村童好奇走近對我注視。他們的手黝黑粗糙，五歲的皮膚有著五十歲的風霜。

車行漸遠，山谷地乍然出現醒目的三頂白色帳篷，篷頂有藍色unicef字樣，提醒著，聯合國為這僻壤上臨時小學及醫療設施所做的努力，是我每月捐款的去處之一。

乾涸的河床上躺著一具坦克屍體。曾經是殺戮戰場的野地裡，成群飄揚的綠旗下，便是就地掩埋的戰士殘骸。山腳地帶，數排的戰車、軍卡被粗實的鐵絲網圈圍在石礫堆上，是重軍備的安息所。山巔塹谷來去自如，馬樹德神出鬼沒的游擊戰術，雖讓俄軍繳械，彈膛裡的尖頭鐵卻再度被支使，終究要回償到主人的軀殼裡。

湍急河川與粗暴巨嶺之間是娉婷輕嫋的綠色麥田。只要某個山谷地有人跡聚落，其上方主要道路兩旁必定有雜貨小舖。風大，舖簷下垂掛著的鍋壺器皿相互撞擊。劈肉的砧板是段半人高的粗樹幹，匍匐在地的羊頭再也找不到被鐵鈎穿吊的身體。

「如果問這些人，現在的生活如何，他們一定告訴妳，很滿意。只要沒有戰爭，一切都好說」，Aziz看到小村落的小市集，有感而發。「以前曾發生過馬樹德的部隊被圍剿，交通中斷，糧食補給進不來的情形。他的手下只能吃草喝水，硬撐下去也不離開他。」

我是為了追尋馬樹德的遺風來到阿富汗，體驗到的並不僅止於他的彪炳戰功。

＊　＊　＊

那是難得一見的高地平台，圍城般的群山峻嶺在陰霾風嘯的天候裡更顯得悽惻凝重。為憑弔英雄，我們來到馬樹德的陵寢。

拾階登上，小亭子裡走出一位高瘦謙卑，黑鬍遮臉，身著傳統長寬服的男子。他兩手交握前垂，不發一語，跟著訪客淺步緩行。

石磚舖成的寬大行道引領來人注目白圓身、綠圓頂，含蓄簡潔的建築。馬樹德安息所站立在銜接行道的圓形廣場中央，外圍是精心種植的草坪及未來得及長大的小樹。廣場邊的白色照明設備，如同即將翱翔高飛的展翅雄鷹。

「這是附近居民出錢出力蓋建的。事情發生後，沒有人不心痛流淚。他死後，跟隨他的戰士全放下槍枝，回家種田、做工，即使有人號召，他們也不會再拿起武器。他們只認馬樹德為將領，只為他出征」。進入陵寢前，Aziz簡短說明。

我們脫鞋進入，陵寢內肅穆靜謐。正中央是一長塊突起的華貴紫綠絲綢，上有白色達立（Dari）文字，馬樹德遺體應該就安置在下方。延著圓弧牆有數幅匾額，可惜我不識一字。離奇的是，紫綠絲綢頭端躺著一束以透明塑膠紙包裹的鮮花，此種花朵包裝方式似乎應該只在西方社會的鮮花專門店裡才見得著。進門右側小桌上備有一筆記本及一枝筆。本子裡大都寫著達立文，偶而夾雜的英法文，則是外國訪客表達對馬樹德的尊崇以及對阿富汗國家的祝禱。

「穹蒼浩瀚，英雄不死」，我的中文書寫，該是本子上的特例。

馬樹德素樸的陵寢

當我們即將離開，一名瘦小的男子恰巧要進入，他的眼裡噙著欲滴的淚水，和我擦身而過。進得陵寢，他一骨碌雙膝下跪，低頭抽泣。我望著他微顫的肩背，清楚感受他深沉的哀痛。那名高瘦的守衛，垂手閉目，靜立一旁。我走出陵寢數公尺，又轉回來；想想不妥，再離開。Aziz和Malalai已帶著孩子走遠。正當快要追上他們時，我再度回頭。心裡知道必須離開，腳步卻不願跟隨。直到最後，理智戰勝了意願，我不捨，非常不捨地離開我的英雄……

＊　＊　＊

「沿路只看到男人砌磚牆、男人守舖子，女人呢？你們的女人都到哪兒去了？」

我向車子裡坐在身旁的Malalai抱怨著。

「現在去我的村子，等會兒妳就明白女人到底在哪裡。」

Malalai急切地要我看看她父親的房子。以為我會被送去某個小旅店，原來是到前任內政部長家做客。

我們下車徒步，谷底的村子要在二十分鐘後才映入眼簾。走過山間小道，渡過河上木橋，來到葱翠蔭涼的小聚落。部長的二層樓房就挺立在河岸邊。

我被引進到樓上一長方形房間，地上是舖滿全室的暗紅薄毯。人人脫鞋進入，我把自己安置在角落裡，盤坐在墊子上。不久，Malalai的妹妹從親戚家被喚了來，今晚她將是我們的廚娘。一名堂妹來了，兩名鄰家的小女孩也來了。突然間，這樓房便有十多人上下走動。他們領我參觀這棟擁有十一個房室的「別墅」。最長的房間可一次併睡二十人，是開會時讓需要過夜的人用的。廚房是個小方室，牆邊架上置有幾個大小不一的盤子，一只鋁鍋蹲在唯一的瓦斯筒上，小鋼筒似乎兼具瓦斯爐的作用。另一個狹長的邊間裡，距門最遠的底端有個窗，窗枱上放著幾捲中國進口的紅樸衛生紙。靠窗的地上有個圓洞，離洞不遠有幾壺水，不需多做思考，單從氣味便可判辨這個小間的作用與性質。

「我們去走走吧」，Malalai的妹妹Sima提議著。

下了樓，一夥人卻駐足在房子旁的小溝邊。一位伯伯抓來一隻白毛雞，他踩住雞的雙翅與兩腳，左手拉長雞頭，右手輕劃一刀，便割開了頸子。那雞如同事先已服下麻藥，竟然毫不掙扎，殷紅鮮血直接滴入溝中，乾淨俐落。原以為殺雞拔毛是應有的順序，伯伯卻是離骨離肉地，把整件雞皮剝下。這事不容易，需要技巧，又費力氣，把伯伯折騰得立起又蹲下，最後，有如擲球一般，他把帶有羽毛的雞皮連同被掏出的內臟，往河面方向抛了去。

「因為只有妳一位客人，所以只殺一隻雞」，Malalai說，「如果多幾個人，就得宰羊了。」

過了木橋，娘子軍氣淡神閒地走在黃昏的小道上，為的是向我解釋女人家的去處。莠草長得跟麥子一般高，不細看就只是隨風波舞的綠海。原來村子女人們除了家事，還有田裡的外活，主街上的商業活動則純粹是男人的天下。Malalai似乎識得每個在田裡搜尋莠草的村婦，見面時，她們握手吻頰，熱烈而親愛。

黃昏，陽光出奇地亮，風卻吹得颼涼。鄰居小女孩一路跟著來，只著一件薄洋裝，頭上罩著條縷空的黑紗巾。怕她就要病了，我把圍巾從脖子解下，對折成三角披在她肩頭，小女孩羞澀地望著我微笑。

高高低低的女人前後一排漫步在田埂上，河水澎然有聲，妹妹Sima在我身後哼著小曲，她腕上的手環叮噹作響，四面荒禿的巨嶺默然靜坐。河對岸的遠處是Aziz一起一伏的祈禱身影。

Malalai說，「堂妹問，妳快樂嗎？」「請告訴她，我聽著Sima的小曲及她腕上手環的撞擊聲，感到踏實心安，也希望你們的國家不要再有戰亂。」

回到「別墅」長房裡，親朋愈來愈多，人人圍坐談笑，喝茶吃糖。我在一旁安靜地寫字，有時聽到自己與馬樹德的名字幾乎同時被提起，便對著眾人微笑，也為自己無法像女眷們那般長時跪坐，只得改成盤坐而致歉。偶而抬頭，總要接觸到那瘦弱堂妹蹙眉又熱烈望我的眼神。她或許想與我說話，或許對我感到好奇，可惜我們之間少了共通的語言。

Sima打算開始做晚飯，堂妹是好幫手，我好奇地當個跟班。小廚房已昏暗得不易辨明物體，Sima說必須開發電機，燈泡才能發亮。「發電機？」堂妹似乎懂得我的疑問，示意要我跟她走。

我們屈膝彎腰，一前一後，在通往地窨的窄道穿行，四周密閉黝暗，令人感覺詭異，心生不安。堂妹熟練地左轉右拐，我緊緊地跟著，以為就要這麼蜷著身子，一輩子沒完沒了地徒走在黑暗裡。好不容易來到稍微寬敞的地窨，這裡堆積了混合著牛糞與乾草的燃料，一些木頭立在牆腳，那具不大的發電機算是這場子的主角。不明白堂妹在機器上做了什麼，只知道摸黑回走後，廚房裡已亮了個昏黃的燈泡。

前內政部長Qarabeg Ezadyar在晚餐就緒時出現，是個高大輕鬆的男人，他的吃相特別引發眾人的食慾。那隻據說為迎賓而宰殺的雞仔，在部長的囊胃裡找到適宜的歸宿。大伙兒歡欣地邊吃邊聊，我則努力阻止自己想像，玻璃杯內湛涼的清水就來自下午殺雞旁邊的那條山溝。

飯前飯後的洗手工作，是由他人一手提壺灌水，另一手拿著鋁製小圓高盆接水而完成，他們為我準備叉子，我為自己準備濕紙巾，我的洗手儀式也就心照不宣地減免了。餐畢，我欲起身幫忙收拾狼藉，卻被客氣地勸阻。當塑膠布「桌」上的杯盤全被一趟趟移往樓下的廚房之後，Sima跪在塑膠布的一端，一面以抹布將殘肴往前趕掃，一面將「桌面」一折折地往內捲，不消幾分鐘，餐廳便回復成客廳。

飯後氣氛融洽，除了廚房的清潔事忙，其他人輕鬆交談。

「談談馬樹德的為人吧。」

知道部長曾與潘協爾之獅共事六年，我當然不輕易放過探究的機會。

「他愛他的國家、他的人民，是個好人，是個天生的戰士。他告訴潘協爾的村民，只要每家給他一名男丁，他就有士兵可以和敵人周旋。與其坐以待斃，家家都願意捐兵參戰。他很聰明，很會思考用計，對部屬也很好。」

Aziz代為翻譯。我信任他。

「馬樹德非常受到尊崇，我在機場看過他巨幅的照片，可是他畢竟是人，我想聽聽你說點他的壞話。」

對於人類，我從未有過不實的幻想。

「他愛權，不肯把權力下放，」部長不假思索地立刻接腔，「還有，他不相信任何人。每個組長旁邊都有他的眼線。誰不按他的指示行動，誰貪污不正，他會馬上接獲通報。不過，他與眾不同的地方是，事實上他可以將對方處死，卻不這麼做，只把犯錯的人找來，當面質問一番，然後把他撤職趕走。」

能多少聽到對馬樹德的負面風評，我才不虛此行。一個沒有瑕疵的英雄，不是真英雄。

Aziz在牆角處祈禱，Malalai和三個孩子早已累得睡著。這兩個有權勢人家的子女，在軍閥割據及塔里班執政時期，均曾先後在巴基斯坦渡過數年，其他沒有能力出逃的，大概就只好數著星星過日子了。

「我原本唸醫學院」，Aziz第一次談到自己，「那時每天上學必須帶著槍，進入校園之前才交給警衛。上完第一年的共同科，大學便關門，我只好到巴基斯坦的培夏瓦做生意，和親戚一起去杜拜買貨回培夏瓦販賣。在阿富汗，每個人，每個家庭都有動盪複雜的故事。現在美國人在這裡，情況已好很多，只要他們一走，各派勢力一定又會開始武裝衝突，我也不排除又要當難民的可能性。

這就是我們的國家。」

Aziz說得語重心長。正如他再三強調，他不把我當一般觀光客，而是家庭成員之一看待，不但我有問，他必答，還特別詳加解釋，與我分享他的心事。

時候已不早，他們為我在隔壁房裡佈滿灰塵的薄地毯上鋪長墊子當床。雖要了一壺水，我卻不知在何處可以漱洗。堂妹跟著我在走道上繞轉，也不懂得提建議。終於在露天陽台欄杆邊，就著星光，迎著寒風，我汲汲完成就寢前的例行工作，就怕白色牙膏噴上了黑外套。

屋外，河水湍急浩蕩，拍打冷峻的岩石，聽著，就像是一場再也不止歇的大雨。這個不知曾躺過幾多聖戰士的長房，黝暗而沉默。一種奇異的聲響飄忽，不是戰士的鼾聲，是夜風的呼嘯。我獨自在一個生活條件仍舊粗糙的陌生小村，就著一盞昏暗的煤油燈，寫下見聞點滴。巨大的身影在牆上搖曳，抬頭方知，不是鬼魅，而是自己……

* * *

這裡人起大早是為了祈禱。站在晨曦四照空無一物的陽台上，遠眺不允許被雕飾造作的大自然，突然感到，難得餘出來的時間，真是生命的奢侈。一轉頭，昨天讓我在肩頭綁上圍巾的乖巧小女孩，什麼時候已悄然站在身旁，正對著我微笑。

Sima準備的早餐裡有大圓薄麵餅、溫度適中的加糖牛奶以及金黃色的炒蛋。每張被剝食的麵餅最後全變成蠶食般的不規則形狀。剩下的薄餅如何處理？「等一下會有窮人來拿走」，是Aziz的回答。

到了該回喀布爾的時間，三個孩子跟爸爸先上主街備車，Malalai領著我去拜訪親戚！這個沒人事先通知的附加活動，當然不包括在旅遊節目裡。他們的確把我當成家人看待了。我們走過石榴樹成蔭的小廣場，雞鴨結隊散步，偶有的幾處小花園裡，各色花朵搖曳。感覺上，我們總是從廣場的左上方向中間行，並在右上方通到另一廣場的小道裡消失，如此重複幾個迷宮似的段落，不知是只有一條路，還是Malalai已熟悉這村子的每個角落，她可以邊說話，邊毫不遲疑地往前行。

「妳為什麼不化妝呢？」

Malalai似乎對我不配戴任何手飾，不對自己做任何女人所認為美的修飾，感到不解。

「不需要啊。」

「為什麼呢？」

「我再怎麼化妝，也比不上不化妝的妳好看。」

Malalai帶路，看不到她的表情，我的答覆應該讓她感到愉快才是。

終於來到親戚家，這位嬸嬸昨天也來過別墅，見了面，她歡欣地輕吻我的手，並立刻拉著我進屋子。入了門的方塊地上是沙土，樓梯間相當晦暗。踏入房間之前，她們習慣性地迅速脫掉拖鞋。

暗紅色的地毯似乎是此處地板的標準配備，這間房的窗子還飾有紅色的布簾。我們特別來嬸嬸家，原來是她的媳婦生了個女兒，才二十天大。Malalai 掏出幾張紙鈔塞入娃娃的前襟。台灣不也有類似的習俗？

「我再不來，嬸嬸就要生氣了。」

我們一告辭出來，Malalai立刻解釋道，「幾個月前我來潘協爾，卻沒去她家走動，這事她還耿耿於懷。」

可見得Malalai的身份地位。窮人家是沒有親友的。

「這個媽媽幾歲了，她看起來那麼年輕。」我好奇地問。

「二十歲。這是她的第三個女兒。」

我們邊走，邊有些小孩一路跟來，好奇地問，我來此的目的。

「她還會繼續生下去，直到有個兒子？」

「沒錯。村子裡的人認為兒子愈多愈好，不但可以在田裡幫忙，又可出外工作賺錢。兒子多的家庭，別人不敢欺負，做爸爸的覺得是種保障，也較有面子。特別是兩村發生衝突時，男丁多的那個村子，比較佔優勢。」

通向主街的山道偶有路人來往，有些路段陡峭難行。陽光不烈，近半小時後仍不免感到燥熱。山路盡頭是寬敞的平台，一名婦女包裹得不見頭臉，蹲在一旁的樹下，Malalai當然立刻加入她。一些年輕的、年老的男人遠遠地站在另一邊，或許在等人，也或許無所事事，幾個小男孩逗著一匹驢子玩。我偶而看看男人們，他們也看看我；我向他們微笑，他們也向我頷首回禮。

今年（二〇〇四）的春天，潘協爾一片詳和。

＊　＊　＊

Park Residence四面高牆圍繞，自成一格。所有人員車輛必須由黑色大鐵門出入，鐵門旁警衛室裡有簡單的桌椅床鋪。這家旅館附設一還算舒適乾淨的餐廳，自助餐桌旁的電視不斷播放印度的武打、歌舞或愛情倫理肥皂劇，晚上因有各國NGO在此用餐，才改換成CNN或BBC的新聞節目，在我離開的前兩天，才又添加了三十五個頻道。

旅館中庭花園裡有幾套塑膠桌椅，桌椅上永遠有一層細沙，草坪也彷彿不太勤於生長。有天下午，ISAF（International Security Assistant Force）多國維和部隊的哥兒們在此地開了個露天派對，個個似乎有付好心情。

附屬旅館的網路咖啡，二十四小時開放，且規定不許吸煙。拼湊的電腦桌椅加上閃爍不停的電腦螢幕，連寫個電郵也必須練就等待永恆的功夫。外國人本地人齊聚一室又互不相干，每個人只要面對方盒子思索，既不必親愛也沒有爭戰。

喀布爾真是個「自由」的城市，交通怪象無其不有。在我抵達後四天，旅館附近的長路上新安裝了兩處交通號誌，人們卻似乎不懂得紅綠燈的意義。搭計程車是為了到Ariana航空公司確認回程機位。早晨十點鐘仍是尖峰期。路過一個巨大建築物，綿長高密的圍牆上堆疊著沙包及綳緊的鐵絲網，離牆約兩公尺的街地上，置放無數直徑近一公尺的實心水泥路障，原來這建築是在阿富汗過渡政府時期，有著吃重角色的美國大使館。一部黃土色，有著紅楓葉標誌的裝甲車慢駛在亂陣之中，上面站有兩名荷槍的士兵，不時以手勢警告其他車輛不得過於靠近。

到了航空公司辦事處，已有一二十人排隊等候。一般三天前以電話確認機位的慣例，在此處卻有另一套替代系統。等了許久，護照、機票被拿走，近半小時之後才通知，起飛的前一天必須再以電話確認。

Ariana是阿富汗唯一飛國際航線的公司，除了自己的三架波音七二七之外，印度還大方地送了三架空中巴士。三架禮物飛機的其中之一，廁所無法上鎖，另一架的廁所沒水供洗手。七十多名空服員裡，大約只有二十五名女性。空中小姐少於空中少爺的原因不在一般觀念裡的性別歧視。如果女孩較沒受教育的機會，何來夠資格被派到印度受訓的女性服務人員？

＊＊＊

下午四點左右徒步前往Swiss Peace，沿路有著摩托車店、地毯專賣店等等商家。Italian Cuisine餐廳的走廊上有個透明烤箱，裡頭的雞仔香噴噴地滴著油。服裝店的櫥窗裡吊掛著幾套西式白紗新娘禮服，縫上亮片的絲絨晚宴服也沒有理由缺席。做傢俱的，把行人道當工廠，已稍嫌繁複的矮櫃抽屜，又特別鑲上金邊。第一次，有車子停下來讓我過馬路。

知道阿富汗筆會會長Partaw的聯絡辦法是倫敦筆會中心所提供的訊息。Partaw的辦公室就在Swiss Peace基金會所租賃，一棟含有內院的建築裡。要見他必須先到接待處登記，再由人帶路前往。由於個把月來已與他有數次電郵往返，見面時倍感親切。

五十開外的Partaw出生於阿富汗東北部，在喀布爾完成學業，大學主修生物與化學，卻以詩歌聞名阿富汗。他曾在中學教過書，也在媒體做過事，由於理念與當時的共黨政府不合，而下獄三年。塔里班執政期流亡巴基斯坦，在BBC的波斯部門任職，二〇〇二年回到喀布爾。

Partaw和藹而活潑，容易引發人與他談話的興趣。待客的，是一杯清茶及幾顆透明糖果。

「阿富汗筆會成立才一年，這裡的作家怎會想到要加入筆會？」

「是挪威筆會的Eugene Schoulgin所促成的。」

「筆會會長的職務與你現在的工作無關？」

「我目前是《公民社會》月刊的主編，月刊由『阿富汗公民社會論壇』出版。塔里班被打垮後，二○○一年底在波昂召開的重建大會裡，提議籌設這個論壇。第二年五月Swiss Peace贊助成立後，開始發行這份雜誌。」

我接過Partaw給我幾本已出刊的雜誌，心想，以阿富汗目前各方面的條件談論公民社會，似乎有些不著邊際，便好奇地想知道內容。

「雜誌裡都刊些什麼？」

「內容分三部份。首先是報導，比方有關阿富汗作家及詩人的近況，印度和錫克教徒在阿富汗的歷史背景。第二部份是公民教育，例如，『何謂女性主義？』、『何謂憲法？我們為何需要它？』或者『各級學校的數學教學法應當改進』。第三則是作家或知識份子發表意見的部份，像是『被毀的環境基礎建設及邁向公民社會的障礙』，或『為何阿富汗未曾有過長久的憲法』、『阿富汗需要什麼樣的政府』等等。」

「這麼一份雜誌的讀者群有限吧？」

我毫不客氣地說。當然是Partaw的和氣促成了我這份大膽。

「我們免費贈閱阿富汗各大學、機關，反應相當好。」

「不擔心被查禁？」

「以前只有政府的出版社，所有的出版品都要受檢。現在也有民營的，全都不受檢查，情形大不同。」

「所以你就可以在詩裡大罵不喜歡的人或事！」

「我出了五本詩集，兩本文學評論及其他的東西，現在很少有時間寫詩了。」

突然想起曾經從網頁上印出的一首達立文詩在背包裡，便順手拿給Partaw看。

「願意翻譯幾句給我聽嗎？可惜少了詩人的名字。」

「噢，這是大詩人Ustad Khalili的作品。他曾任伊拉克大使，共黨時期死於巴基斯坦的培夏瓦。」

Partaw一接過手，立即認出詩人及詩作。

「唉，這詩怎麼譯成英文！」

他停頓了些時候，才慢慢以手勢表情為輔助地說：

「我無法解釋我的憂傷／請指給我通往竹林的道路／竹笛將表達我無盡的痛苦／房子成了鐵籠／我的心荒蕪如大漠……」

我了解翻譯詩歌的難處，也無意在辦公時間過於打擾，便說：「可以了，非常謝謝，我只需要前面幾句以便引用。你大概譯了半首詩了。」

「不，才只有前兩行。」

不知是Partaw做太多的詮釋，還是達立文字如此精簡縝密，我驚訝於兩短行文字竟有如此豐盛的意象。

「其實詩就是美，美就是詩。今早，我的計程車陷在車陣裡，旁邊的迷你公車也動彈不得。公車裡有個非常漂亮的小女孩不住地望向我，我也不轉睛地看她。當時我只有一個想法：只可惜，再過幾年這張美麗的臉孔就要被隔離，一首好詩就要憑白消失。你們有許多美麗的女人，卻都被包裹起來了！」

「完全同意。我個人認為，沒有女人就沒有詩。這世界不能沒有女人，也不能沒有詩。妳似乎對我們的女人特別偏袒，我介紹妳去和喀布爾週報的女記者談談，有沒有興趣？」

「好極了！豈止有興趣，根本是求之不得。」

我按捺住興奮的心情，想多從Partaw身上挖掘出更多訊息。曾在街上買過雙語的喀布爾週報，對於內容的開放直言感到驚訝，這份報紙絕對是政壇上既得利益者的絆腳石。Partaw提起這報讓我話鋒一轉，其實文學與政治相去並不遠。

「說真的，你對目前的局勢樂不樂觀？」

「過渡政府人員之間不合作，殘餘的塔里班勢力又不斷阻擾本國及外國NGO的工作，巴基斯坦的干預當然是最大的障礙，在這件事情上，中國其實可以幫阿富汗出點力。」

「怎麼說？」

因著地緣關係，阿富汗長久以來與中國有貿易往來，自不在話下。政治上有何消長影響，倒是新鮮話題。

「中國與印度不和，巴基斯坦和印度之間也沒有太平的時候。中國既然和巴基斯坦有共同的敵人，就很容易和阿富汗有共同的語言，只要中國願意，應該可以對巴基斯坦做些牽制。」

「問題是，阿富汗能夠提供中國什麼好處？」

我不遲疑地立即接腔，因為明白，國際間除了互惠，難有其他。Partaw攤開雙手，並不直接回答我的問題。他自己也清楚，目前阿富汗的一切幾乎從零開始。

＊　＊　＊

Aziz和司機整整遲了半小時，原因是，每天早晨副總統兼國防部長Fahim的座車從住處駛往辦公室途中，所有道路均被封鎖，正是這種愛權怕死的行為，阻撓了一向準時的Aziz。

西區，喀布爾城在軍閥衝突期間受損最嚴重的地帶。一九九二至一九九六年，蘇聯撤軍後塔里班執政前的混亂階段，是阿富汗各族群擁權者貪婪性格的彰顯期。原來在培夏瓦的大會上，拉吧尼（Rabbani）被選為總統，馬樹德任國防部長。受巴基斯坦支持最多，勢力最大，卻不甘於屈居總理職位的黑卡馬提亞（Hekamatyar）啟動了各武裝團體的激烈衝突。

喀布爾城西的危樓

西城裡的某些道路寬敞，商業活動頻繁。市集、商家、人群、車輛，陽光色彩繁複而鮮活。然而，若把所有聲響與一切動的因素完全抹去，整個地區將瞬間化為陰森蕭條的鬼域。那些商家的背後，市集的背景，是一棟接一棟被子彈礮火轟打稀爛的危樓。綿延數百公尺，喀布爾大圳兩側建築的樓面被掃射成蜂巢般，彈痕歷歷可數。被火焚的五樓房只剩水泥牆架，看來隨時會坍塌；露出頹銹鋼筋的接角處下方，卻是搭著白色蓬頂，賣著瓶裝飲料的雜貨小店。上市場購物的媽媽，一手拉著布卡前擺，一手牽著孩子，小心吃力地跨過堆積滿地的垃圾。居民生活的能力與市政財務的闕如不濟，正如同市景本身，是活潑躍動與傾倒殘敗的強烈對比。

「當時馬樹德與黑卡馬提亞的軍隊各據河的兩岸，雙方人馬隔岸發火對射。」對於我所提出，河兩岸均勻受損的疑問，Aziz如此加以解釋。「朵茲坦（Dostum）的手下佔據郊區的山丘，把路經山腳的自行車當成遊戲對象。規則是，誰能開槍將騎自行車的人射倒，另一個人就得給錢。」

我心想，如此一個沒有律法的百萬人口都市，人們大概只能像螻蟻般生存。

「當時到底有多少個武裝勢力？」

「以伊朗為基地的大約有八個，以巴基斯坦為支援地的大約有七個。進到喀布爾或在城外駐軍的，只有五個主要團體。」

「他們是怎麼個亂法？」

「拉吧尼的政府完全不管用，這些軍閥合縱連橫，今天的敵人可以是明天的夥伴；現在所全力打擊的，可能幾個月後是親密的戰友。他們因為勢均力敵，誰也打不贏誰，最後力量彼此消滅，讓塔里班有機可趁。」

「聽說在城內，姦淫擄掠無惡不作。」

「監獄被打開，重刑犯滿街跑，這些人再加上沒有紀律卻有武器的軍隊，更是無法無天。最可怕的是馬扎利（Mazari）的手下，他們抓到人後，割耳、割手、割喉、挖眼，女人則割掉她們的乳房。他們把滾燙的油澆到人的頭上，把整個人放在強鹼水裡泡，或以大鐵釘穿掌，把人釘在木板上，不給吃喝，慢慢折磨至死。他們還把人放在水裡煮，強迫被煮者的同伴喝人湯，不從的，就變成下個被煮的人！」

當Aziz敘述著喀布爾城內外的恐怖景象時，司機正駛入大學裡。校園內樹木成蔭，系所名稱在建築物上標示清楚，男學生全穿著襯衫、牛仔褲，三三兩兩悠閒走過。不過十年前後的時間差距，令人不禁愕然，喀布爾難道是座沒有記憶的城市，還是來不及清算，便要倉促地忘懷傷痛？

車子繼續南駛，情況比北向潘協爾峽谷的那段路要好太多。經過五金集散區、修車場、車胎零售商，有些道路兩旁堆滿木料，有人正在給土磚澆水。何來的貨櫃倉被當成店面使用，到了夏天怕不熱壞了。

原以為是撒哈拉式的黃塵漫漫，到了沙漠地帶才知道是荒山禿嶺的無盡延伸。石礫黃土上偶而開出幾朵灰白色的帳蓬花，篷裡人雖素樸日常，其謀生之難，又豈只是一般人三世艱辛的總合，遊牧人自是最懂得生存手段。綿延石土上，無來由的巨大四面高牆建築，令人生疑，牆裡可是有著數十個房間的沙漠宮宇？豈料，當車行經過，快速瞥視不置門檻，黃牆缺口內的景致，只見礫土如故，三兩頂帳篷依舊。高牆的矗立難道只是為阻擋強風？

我們的車急馳在曾被移做飛機跑道使用的柏油路上，兩旁是廣袤無際的亙古曠野。延著公路兩旁，離柏油路面約一公尺處，有著數不盡，上置白石塊的小土堆。

「那些是被清除過的地雷」，Aziz向我解釋，「注意看，還有危險性的，他們會插上紅旗以示警告，不太確定的，會同時插上紅白兩色旗子。」

「誰放的地雷？」

「不是俄軍，就是我們自己的軍閥，只有靠近喀布爾才埋地雷。妳記得，去潘協爾的路上，不是也有一些，只是沒這裡密集。」

「類似護城河的作用，阻止交戰對方向首都推進。」我臆測著說。

車行兩個鐘頭後，好不容易出現的幾個綠洲小村，便有小小市集，便有孩子聚集取樂的泵浦地下水源。有些地方枝椏茂密，有些地方綠葉成蔭。小溪潺流不遠處，跳躍著幾個小女孩，她們身著黑長袍，頭披白布巾，是阿富汗全國統一的小學女生制服。

蜿蜒山道上是一式的寂聊無趣。以為沙漠裡擁有近年阿富汗獨缺的和平與寧靜，Aziz的報導卻讓我這外來人無知的想像幻化成影。

「那段混亂時期，社會上瀰漫著恐怖懼怕的氣氛，物價飛漲更是讓人難以過日子。喀布爾有很多物資靠外地供應，運貨的車輛常在這種荒郊野地被攔下，強迫繳『稅金』。反抗的，當場被殺。繳了『稅』的貨物或糧食到了市場上，價錢立刻翻升數倍。」

正當Aziz語畢，車子卻因前面有狀況而逐漸慢下來，終於停在一部卡車後面。這車彰顯了先前行經市集粗略獲得的印象。此地居民下意識裡似乎對單調沙漠做儘可能的反擊，而偏愛繁複色彩。雜貨篷子是突兀的紅橙藍紫，眼前這卡車也上了五顏六色，像似被蒙塵的彩虹覆蓋。有趣的是，整輛卡車下半部全釘上細長的鍊子，隨著引擎的振動而抖顫，令人想起「芝加哥」影片裡，Renee Zellweger著純白迷你洋裝，在聚光燈下，以雪白背部向著觀眾扭腰款步時，裙擺流蘇搖曳引人的一幕。

原來卡車前的路中央橫著一部裝甲車，車前站有兩名穿著和伊拉克美軍同樣沙泥色迷彩裝的維和兵，他們端槍綁腿，頭戴鋼盔墨鏡，還不時透過環掛耳朵的小麥克風和某處某人聯絡。等了好一會兒，毫無動靜，我決定上前探問究竟。

「哈囉，小姐，妳好嗎？」

右邊的那個先開口打招呼，一口純正美腔。強烈陽光下，他的太陽鏡映著我黑壓壓的身影。和一個看不到他眼睛的人說話，令我感到焦慮。

「怎麼回事？」

「昨天夜裡，前面村子裡的警察和我們發生了一點小誤會。不會耽擱你們太久，再過幾分鐘就沒事了。」

「誤會？死了幾個？」

明知「誤會」是託辭，我就是要追到底。

「不知道。」

這人明白，我不信任他的話。我當然也清楚，他不便實說。

「你很懂得外交。」

他只是笑笑，不再說話。

時間一分一秒地過，車輛愈積愈多。很多人索性下車蹲在路邊等。我突然意識到，在這荒涼的公路上，在數十名甚至上百名阿富汗男人之中，我是唯一的女性！

返回車裡，我忙著寫下一路上自己的錄音。Aziz和司機不住地聊著，車裡的卡帶不斷重複那首，傷感身為難民的哀歌。什麼時候車窗外聚集了幾個阿富汗人，車裡車外交相談話，我雖在車後座汲汲書寫，卻也感覺到從車外向車內滲透的焦灼眼光。過了一陣子，我突發好奇，請Aziz翻譯，這些人對我這麼個不包頭巾，又跟兩個男人在郊野四處跑的女子，有何看法？然而，自以為在思想文化差異下，他們將發出令我難堪的驚人之語，正準備一字不漏記寫，以驗證我自以為不會有錯的預測時……

「我們沒注意到她，倒是她寫的字很有趣。她寫的不是我們的達立文，也不是英文，那是中國字嗎？」竟是Aziz轉述給我的答案！

在這荒地裡，唯一可以確定的是，繁體中文比一個陌生女人要有趣得多。

男人們在等待的時間裡繼續暢聊，或許Aziz注意到我似乎被冷落了些，便主動翻譯說：「他們認為，美國不是抓不到賓拉登、穆拉歐瑪（塔理班的領袖）和大軍閥黑卡馬提亞，而是故意不抓到。如果壞人落網了，電影就演完了，好人也變得不重要了。」

如此的民間智慧，絕不遜色於國際關係分析。

為了不耽誤拜訪媒體的時間，無法久待，我們決定折返。回程的路上，卻必須再度停車等候，原因是掃雷隊要引爆發現到的地雷。只見數百公尺之遙的旱地上，黃煙衝霄而起，湛藍的天空中恰巧飛過兩架美軍的黑色響尾蛇補給直昇機。

＊　＊　＊

熙攘路邊的一條小巷裡設有路障，訪客必須先進入一個極小的房間，裡面只擺有一張桌子兩張椅子。在我之前的兩名男子，被搜了身。輪到我，除了登記，警衛只檢查背包。來到一個內院又數個彎拐之後，終於找到喀布爾週報的編輯室。

總編輯Dashty是個瘦鬱不高的男人，左眼稍有斜視，電話裡的聲音比本人年邁。他身著一套卡其長袖襯衫與長褲，肩上的圍巾引起我的注意。一位包頭巾穿長袍的女士被通知進辦公室。她有著汪汪的黑眼眸以及盈盈的笑容。

「她是『女人與法律』雜誌的編輯之一，有問題請儘管問，我來翻譯。」

Dashty事先告知，當天是發報的前一日，也是最忙的時候，我當然明白，這是不能久留的間接警告。

「這份雜誌目前有些什麼內容？」

沒有拘謹，也無需客套。點過頭，握過手，拿出紙筆後便是嚴肅發問仔細聆聽的開始。

「為了最新一期，我們訪問了獄中婦女並做成報告。每一期都有的是，為一般婦女提供各種生活上的資訊與意見。」

「婦女通常遭遇哪方面的難題？」

「家庭，特別是被打的婦女，她們不喜歡把問題擴大，較願意在家庭內解決。近兩年，找警察或婦女部的個案愈來愈多。一個身體或心靈受傷害的女人除了跟家人談之外，通常還會告訴她的女友。如果事情太過棘手，就只好向外尋求協助，即使到了警局，警察也大都勸導婦女回到家裡。要是到了專門幫助婦女的有關單位，首先他們會找該婦女的家人進一步了解情況，談不成，只好移送法辦。法院可能判准離婚或丈夫必須入獄。」

「如果離婚，女人可以拿到贍養費嗎？」

Dashty 可能感到些許無聊，開始踢動翹起的左腿。

「結婚時，通常男方要給女方一筆錢。」Dashty代替女編輯回答。

「多少呢？」

「不一定。比方，當初我應該給我太太三千美金，可是她不要；現在我也不怕她要，因為我是個好丈夫。」Dashty 說完，逕自笑了起來，卻皺著眉。他不僅翻譯，還把私事提出做例。「如果男方提出離婚，而且在結婚時已給了一筆錢，就只要把家當的八分之一給女方即可。如果前提相同，離婚由女方提出，女方就拿不到錢。」

「這不公平！」我抗議著。

「按照伊斯蘭律法，這種情形女人可以接受。」大眼睛的女編輯肯定地說。

「我曾在蘇黎世一場有關阿富汗女性議題的演講裡聽說過，八歲女孩嫁給八十歲老翁的例子，這應該是違法。」

「我們的法律規定，女性十六歲，男性十八歲才可結婚。在阿富汗，造成不愉快婚姻通常有三種情形：第一是父親愛錢，硬把女兒嫁掉，妳說的例子可能就屬這一類。第二是，如果甲殺了乙，必須把家裡一個女人嫁給乙方的家庭抵償。很多殺人事件都不送法辦，而以這種方法解決。第三種情況是，甲娶了乙的姊妹，甲的父母強迫自己的女兒嫁乙為妻，這麼一來，雖然兩家都不需付錢，要是結婚的雙方不喜歡彼此，就會造成痛苦的婚姻。」

Dashty燃起了一根煙，似乎有點坐不住。談話中，辦公室內不時人來人往，有的遞稿子，有的查電腦。我識相地結束短暫的訪談。女編輯離開後，我試探著要求給Dashty拍照，他不但一口答應，還主動要在侷促的辦公室裡，找到適合的地方。他立定在辦公桌後，我才猛然發現，在他身後的牆上竟然有幅馬樹德的油畫像！畫中的潘協爾雄獅仍舊戴著羊呢帽，額頭上幾道令人熟悉的皺紋清晰可數。他挑起眉毛，眼神嚴峻而疲累。

「你怎麼有馬樹德的畫像？我的意思是，街上到處看得到有他照片的印刷海報，這是幅油畫，顯得很特別。」

「他對我很重要，有好幾年，我一直跟隨在他旁邊。」

我眼睛一亮，屏住了呼吸，Dashty不正是我要找的人！偏偏在我離開喀布爾的前一天，偏偏在週報出刊的前一天，偏偏在我必須告辭的節骨眼，巧遇對我資料蒐集工作最有幫助的人，老天竟然開了個大玩笑！

「請你無論如何再給我一些時間，今晚我請你吃飯，我們談談馬樹德。」

「今天我必須工作到半夜，而且現在我得出去參加一個會議。」Dashty頓了頓又說，「我給妳一個鐘頭的時間，請妳五點再來。」

＊　＊　＊

一張低矮老舊的小茶几，已是極小的桌面，除了紙張之外，竟還能擺上一只煙灰缸，一包Pine香煙以及一盒火柴。他正專注地看稿，知道我來，只約略點下頭而已。

他留有三日鬍，頭髮及眼珠呈淺棕色，和本地人大不同。他皺著眉，極細瘦的雙手，青筋浮起，看得出來曾受過傷。金戒指在左手無名指上，墨鏡垂掛在胸前，手錶有著黑色的皮帶。這人緊張焦慮又帶點神經質。先前翻譯時，在我提問的當兒，他竟不自覺地把臉靠近座椅旁，桌角上已破損大理石文具置放器的金屬筆插上。手機、電話曾各響了一次，他從螢幕上顯示的號碼知道是不想通話的人，索性不接。

「看完了。」

他把筆放下，請人把稿子拿走。

「我也寫完了。我以七行來描述你。」

Dashty 微微攤開雙手，又開始踢動翹起來的腿。

「先談談你自己。」

他的時間有限，我不作興外交也不懂客套。

「我在一九七二年出生於潘協爾，和馬樹德是遠親關係。一九七九年夏天我第一次見到他。當時他來我家吃午餐，我們一起喝湯。一九八九年第二次見到他，那時我在喀布爾唸法文中學。妳應該知道，馬樹德也在這個學校唸過書。」

我點點頭。

「我希望能跟他一起工作，所以請爸爸幫我說說。馬樹德卻要我先讀完中學、大學再考慮。一九九二年，在我讀完一年的政治與法律之後，大學就關了。妳知道，那時喀布爾城內亂成一團。」

我點點頭。

「喀布爾週報是他創辦的，我沒學校唸，就在週報當了三年記者。後來因塔里班進城來，我在一九九六年回到潘協爾。有個朋友出主意，希望和我及另一個跟了馬樹德十六年，擁有許多檔案資料的人一起工作。我們三人一組，拍了六年的記錄片。這段期間，我與馬樹德有較多接觸。」

Dashty邊說，邊不時地看著馬樹德的畫像。他謙稱自己的英語是在街上學來的，卻能讓人要懂到他的心底。

「事情發生時，我在場，在同一辦公室裡。我就站在那個謀殺犯的後面。」

在我正準備要多知道馬樹德的生活點滴時，Dashty 突然話鋒一轉，敘述起那個讓他永無安寧的巨大傷痛。

「細節，我需要細節，你能畫給我看嗎？」

Dashty立即在白紙上畫出事發當時的位置簡圖。那是個長方形房間，門靠左側，與門相對的牆上有兩扇窗，房間的右牆上也有兩扇窗，中間是一張桌子，桌子兩側各有一長沙發。

「房間裡共有六個人，Khalili，也就是現任的駐印度大使，以及助手 Aasem 坐在左邊長沙發上，馬樹德站在離門最遠的沙發底端，他的左邊對面是阿拉伯記者，那個攝影師站在中間桌子靠門的這一側，我就在他後面。」

「怎麼發生的？完全沒有先兆？」

「沒有，事前完全沒發覺任何異樣。我那時正在調整機器，準備DVD的拍攝。突然轟然一聲巨響，我的頭臉手腳感到灼燒炙痛，以為是自己的機器爆炸，第一個念頭就是趕快離開房間，以免打擾採訪的進行。我一出辦公室，便看到馬樹德的秘書快速走來，他一定聽到了爆炸聲。我知道自己受傷，請他送我去醫院。一回頭，看到兩個人把馬樹德抬出來，我們全被放入車裡，直駛直昇機停靠的地方。」

「所以爆炸後房間裡的情形你並不清楚。」

「不清楚。後來才聽說，攝影師被自己炸死，那個記者被守衛擊斃，Aasem當場死亡，Khalili傷得比我重。」

「馬樹德呢？」

「我最後看到他，是在他正要被抬進直昇機時。後來我們越過邊境，到塔吉克斯坦。」

「花了多少時間？你們全都受重傷呀！」

「只有五分鐘就到了醫院。兩天後，我和Khalili被送到塔吉克斯坦首都杜相貝繼續治療。」

Dashty的聲調愈趨緩慢，眉頭皺得更深緊，似乎正準備自己以迎接下一個衝擊。

「出院後，我住到哥哥家裡。那是事發後第十二天，大約晚上八九點，哥哥來告訴我，大家打算蓋個紀念館存放馬樹德的東西，我才知道他已死亡，我立刻哭了出來，哥哥也哭了。」

說到這裡，Dashty眼裡充滿淚水。我陪著靜默了好一陣子，他才開口：

「馬樹德也當場死亡，他們不讓我知道。」

「報導說，事發一週後他才過世。」

「政治因素。一切都不明朗時，還需要保密。」

「上週五我去看了他的陵寢。那天烏雲籠罩，氣候陰沉，颳著大風。陵寢內有股特殊的氣氛游移，進到裡面，每個人會自動小聲說話，動作輕緩。」

Dashty重重地點頭，又開始踢腿。

「當我們要離開時，正好有個當地的男人要進到陵寢。我看到，他眼裡含著淚。我很好奇，在門口停了一下，望見他低頭跪地的樣子，很可以感受到他的沉痛。那時我非常想進去問問，馬樹德對他的意義，卻又立刻警告自己，不可太魯莽。我的問題是，通常當地人去馬樹德的陵寢，是因為有困難要對他敘述，就向對上天禱告一樣，還是純粹心裡哀痛，而去悼祭他？」

Dashty突然停下來，嚴肅地望著我說：

「妳說那天是星期五？」

「對。」

「風很大，很冷？」

「對。」

「大約下午兩點左右？」

「對。」

「妳和一對阿富汗夫婦去，他們有一個小孩？」

「他們有三個小孩，兩個較大的，不知道跑哪兒去……」

這下子，換我停下來，嚴肅地望著他說：

「你的意思是……」

Dashty點點頭，踢踢腿。

「哦不，你不是要說……」

Dashty 點點頭，踢踢腿。

「請不要告訴我，你就是我看到的那個男人！」

「你們在門口忙著穿鞋，阿富汗女人手裡抱著一個孩子。」

「不可能，你不是要告訴我，你就是我看到的那個男人，不可能！」

「沒錯，我就是妳看到的男人。」

Dashty 點點頭，踢踢腿，平靜地說。

我頓時感到全身血液倒流，驚訝得無法言語。在我經過長久猶豫並費心費力來到喀布爾之後，在一個毫無先兆，完全沒有約定的情況下，Dashty 與我，背景相異，行事不一，卻同樣被馬樹德吸引，也同樣崇尚某些生命價值的兩個陌生人，先是不著邊際地擦身而過，幾天後，卻又巧妙地同坐一室，悸動於同一話題。這是怎麼樣的一場安排？

過了好一陣子，我才聽到Dashty悠悠地發出聲音：

「我曾唸過一位俄國作家的一句話：I am sad for the people who need a hero。起初，我不懂這話的含意，現在我懂了，我終於懂了。」

「所以你一直披著黑白灰相間的方格圍巾，和馬樹德常用的相同，就好像他還在身邊一般。」

「是的，我只有在睡覺時才取下。」

Dashty慢慢拿起第一眼就引起我注意的圍巾，輕吻了一下。

我卻不甘心，只聽到Dashty個人的傷心史。我需要知道馬樹德的壞。他畢竟是個人，沒有理由完美得讓Dashty為他死去一半，或更多。

「談談有關他的負面印象吧。」

「他是我的指揮官、我的朋友、我的大哥、我的父親，他是個真英雄，我太渺小了，找不到他的任何錯誤。」Dashty望著馬樹德的畫像，神往地說，「我非常非常愛他，他是個俊美的男子，他的眼睛特別吸引人。他對他的妻子尤其好。她原本不識字，馬樹德親自教，直到她能讀能寫。妳看，他是那麼忙碌的人，還能這麼面面俱到。對我而言，馬樹德是個完整的人。」

「好人早逝是因為老天不讓他有犯錯的機會。」我願意深信。

「對的，是要保有他的完美。」Dashty 沒有理由推翻。

「你受傷後，情形如何？」

「我是無國界記者（Reporters without Borders）的成員，他們送我去法國繼續治療。康復後，他們問我有什麼打算。我說，我有個夢想，希望喀布爾週報能夠復刊。後來，聯合國教科文組織及無國界記者幫了忙。我在二〇〇一年十二月三十一日回到喀布爾，二〇〇二年一月一日找到以前的伙伴，立刻投入工作，二〇〇二年一月二十四日第一次出刊，一年半以後，收支平衡，這是阿富汗一百三十年來，第一家這麼快便穩定下來的報紙。不需要外界的幫忙，也就沒有人能指揮我該怎麼做。」

Dashty不愧為是個寫字人，不只在紙上，連在言談中也能以如同文章收尾的語句暗示做結。的確是到了我該再度告辭的時候，Dashty領我看看凋敝總編輯室旁一間約同樣大小的陰暗辦公室，裡頭有四名記者，正專注同觀一部電腦。喀布爾週報物貧地令人神傷。

「週報不會有財務問題吧？」

「很難說，我們只能走一步算一步。」

Dashty 送我出門。太陽斜照，車輛穿梭。

「我看過週報內容，對馬樹德略知一二，現在見到了你，聽到了你的談話，我確定，週報會是未來當權者的挑戰之一。」

聽了我的兩三言，Dashty笑燦了原本緊張憂鬱的臉孔。握別時，我們熱烈而歡欣。萍水相逢，卻在極短時間裡彼此探觸了內心堅守的價值，除了歸因蒼冥，又當何解？

* * *

擦鞋童以一口在街上學來的流利英語告訴我：「美國人有大錢，我擦一次鞋一塊美金，有的人給我五塊錢。」

Chicken Street的商家為我披上一條寬長的棉紡大圍巾，我轉身給坐在地毯上的三個男人做評。當他們都說好看時，我便決定買下，以還價的方式。

在五個航班的旅客全擠到唯一的小候機室，廣播器裡的女人永遠說著聽不懂的話，飛機誤點近三小時卻不做任何說明的情況下，回家便不得不成了理所當然的事。

然而，告別中亞大漠，不能瀟灑揮袖。誰能像旅館裡的兩名年輕守衛，在我得了腸胃炎發熱發冷的深夜，開車載我在喀布爾大街穿梭求醫，又極盡呵護扶我上下，送我回房？誰又能任意唾棄某些在工業國家被譏為魯鈍迂腐矯作，甚或早已被遺忘、被判死的古典價值？

去喀布爾，可以不必帶頭巾，揮別大漠時，卻不再能輕盈翱翔。

拜訪壞人

怎麼辦？就是沒人相信一個單身女子願意來這個國家走走、看看。

回頭望見黃線後的人龍長又長，仍是急不得的。甚至把G的姓名、住址暴露了，把註明有作協及筆會的名片給看了，海關仍要我留等。就在她的箱型城堡旁邊。

一名年輕女子領我到寬敞、有舒適坐椅的房間，裡頭早已等著兩個人。手機響起，簡訊上是：歡迎到來，但願妳有一段平穩的飛行。記得找Sherut。我回說：班機延遲，抱歉。被逮，請等待。

很快被傳喚。一名男子、兩名女子，都年輕，都在一個較小的辦公室裡。桌上有部電腦。較高的女人說，「請坐，第一次來？」

「是。」

「來做什麼？」

「看看。」

「看什麼？」

「妳到第一次拜訪的國家，希望看些什麼？」

「……。有朋友在這兒？」

「有。」

「男？女？幾歲？在哪兒認識的？」

再次把G的姓名、住址呈上。不一會兒，另個女人要我看電腦。

「是他嗎？」

一年半不見，螢幕上的照片不大，仍能一眼認出。是那個人。

「別擔心，」簡訊又說，「隨時讓我知道妳的情形。」

放行後，換了錢。必須找Sherut，出發前就已經受到指示。記住了，叫客計程車的希伯來語名稱就是這麼說。很久以後才懂，這字是「服務」的意思。

「只有幾個人，還得等等。」一名頭戴棒球帽、滿臉鬍渣、衣著隨意的中年男子主動告訴我。

基於天生對文字的敏感，看不懂原是表情達意的符號總是令人焦慮。

「這些是字母嗎？」

我指著車體上一組組的方形線條問那男人。

「是的。」

「比英文字母多還是少？」

「少。」

「母音是哪些？」

「是兩個小點，有時左右並排，有時上下並列，標示在字母下，通常不寫出來。」

男人以中指、食指比劃著。

簡訊問，妳在哪兒？回說，已上路。

還差一人就客滿的Sherut在平穩的高速公路上向北疾馳。司機一面按喇叭，一面不斷超車。左邊是光滑如鏡的深藍地中海，陽光偏斜入窗，乘客默默。

「為什麼去那裡？」

人問，就在我出發前不久。

「為什麼不？」

「可是有……」

怎麼欲言又止不說明白？怕招惹不祥？這是個多年來的神秘召喚，我不能不來。

「即便隨時隨地有……？」

沒錯，即便隨時隨地有自殺炸彈攻擊的危險。

以色列。我想知道，被伊斯蘭環伺的這個類歐洲國家，如何在中東地區生存得那麼幽默、那麼複雜、那麼地不擇手段。出於美國的鼎力相助？願為美國中東政策的馬前卒？甚至為美國代打？

——事情沒那麼簡單！

＊　＊　＊

時間上其實趕得及他們的示威活動，可是電郵不覆，電話不接，怎麼也聯絡不上主持的人。或許是義工性質，沒人在意吧——Peace Now，成立於一九七八年，就在叱吒風雲的六日戰爭後十一年，就在阿拉伯國家惱羞成怒，以埃及總統納瑟所說「把以色列掃入地中海」為依歸的十分之一個世紀之後，有一群以色列人為了讓隔鄰的巴勒斯坦人能夠過較正常的生活，不惜與政府對抗，以各種不同的示威形態，和平攻擊基本上出於保護他們的官方手段或國家政策。

一九四八年建國的以色列，平均每十年就有一次大規模戰鬥。為了自保，在裝甲車與戰鬥機並不一定完全奏效的情況下，「據地為王」的古代策略便派上用場。從數百人到數十萬以色列人居住，規模大小不一的約旦河西岸屯墾區，一步步蠶食巴勒斯坦人的生存空間。約十年前則又有另種形態的佔領——外崗（Outpost），一種悄悄進行的，屯墾手段的延伸。

一九九六年以色列官方承諾不再蓋建屯墾區之後，一些激進猶太人與違法官員勾結，甚至不惜破壞自然保留地，建立起一個個外崗，目的是延續以色列在佔領區存在的訊息，並切斷巴勒斯坦社區之間的聯結。

原是裝載物品的貨櫃，在非常國家的非常時期裡，有著全然不同的功能。在亞美尼亞首都耶瑞萬（Yerevan）機場，搭乘俄製MI-8軍用直昇機上高加索山之前，我必須拿著護照到「貨櫃辦公室」接受軍方檢查。阿富汗喀布爾南郊的市集，有許多交易是在「貨櫃店鋪」裡完成。當時沒敢問，沙漠氣候下，櫃子裡的冬、夏季怎麼挨過。而近年來約旦河西岸的以色列外崗，則是由一個個貨櫃聯結成聚落，每個「櫃子」裡住上十至十五個人。從空中鳥瞰，一條條巨大的灰蠶爬行在綠地、曠野。然後，道路開闢了，環繞它們的公路築起來了，而成就了一個社區存在的事實。

就有那麼些Peace Now的成員，帶著相機開車去拍攝Outpost的現場位置。等到月黑風高了，才將整個還沒住人的「準外崗貨櫃」吊放在大卡車上運回城，再把示威布條綑綁在貨櫃壁上，當成戰利品。夥伴們拍照留念，拍手叫好。

* * *

車從特拉維夫（Tel Aviv）國際機場到海法（Haifa）市中心某處，天色轉暗，G早已等在街邊。堅持不讓他接機，卻不能堅持不讓他在自己的地盤上接人。是有一段時間不見了，現在他的國家、他的城市街邊相對，除了彼此微笑，還能做什麼？把行李轉放到Nissan車後，他便領我走過一個市民可以將自己雕塑品拿來展覽的公園，一個有著氣派飯店的幽雅步道，俯視港邊的燈火通明，談著Intel為何選定此地做為研發中心。

「因為海法有個高水準的科技大學，以色列的科技菁英全集中在這個第三大城。」G不掩興奮地說。

他的表姐家座落在小丘上的住宅區，寒風習習，登上階梯時浮現朦朧的感覺，似乎身在台北郊區的某個地段。而表姐家的陳設不正是台灣一般家庭的翻版？沿著一邊牆是長沙發，正對面就是一部寬螢幕電視機，陽台上站了幾株植物在黑風中搖曳。已有客人的家庭還可以接納隨時闖進的熟客。為了騰出放水果乾的空間，把長桌上擺著的一大盤玻璃飾品移到電視旁的矮櫃上。大眼睛的女客告訴我，她和表姐必須在這星期內把指定的書看完，否則在讀書會時不能參與討論。初次見面的人哪，竟聊得像多年老友。

表姐的女兒從軍中放假回來，為了給她的上司買生日禮物，邀我們一起逛街。坐進她的小車，在黑夜裡九彎十八拐，我有點乏。

一般以色列人年滿十八歲有服兵役的義務。男子三年，女子兩年。然而佔人口比例約五分之一的以色列籍阿拉伯人、懷孕的十八歲女子，以及因宗教理由推延服役的人就是例外了。退伍後自動成為後備軍人的國民，每年都有固定的短時間役期，直到四十歲。這套制度在建國之初，習自瑞士。差別是，瑞士人把槍枝放進家裡的櫥櫃或儲藏室，直到除役。以色列軍中還有一個政策，卻從不曾執行；那就是，在國家安全遭受巨大威脅的緊急情況，政府得以派出專機，將四散在世界各地仍在役期內的國民載運回國參戰。

＊　＊　＊

被雨聲吵醒，又奢侈，又幸福。不知這房間有著什麼樣的屋頂，允許大雨撲打得這麼沒遮攔，直教我想起多少年前外婆家下雨的午後。那時就愛坐在小塑膠椅上，看著無數條從波浪形屋瓦筆直灌入簷前小溝的透明雨水。而那雨聲，往往大得將媽媽的叫聲蓋過。蒼蠅在腳邊迴旋亂飛。

現在我躺在一個陌生的房間裡，牆上有兩張裸女海報，穿衣鏡前是健身器材，桌邊牆上的汽車廣告，有著色彩鮮麗的各式車輛。可惜沒有我喜歡的Suzuki小吉普。

手機響起，簡訊說，早安，睡得好嗎？我正在準備早餐，餓了就通知一聲。今天下雨，我們要早些出發。回說，好殘忍，被你打擾了，我正在聽雨。

往更北邊去了。可以看到黎巴嫩的領地。視野寬廣，又是小丘，又是平原。高高豎起的石柱等距排列，上端由綿延的窄路聯結，說是古代的水道。旁邊便是佔地寬廣的Ghetto Fighters' Kibbutz！

這可是個摩登的「人民公社」，希伯來語就叫奇布茲（Kibbutz），是歷史上多少無政府主義文人心目中小國寡民體制的具體呈現。約二百七十座自給自足的共同屯墾社區存在於以色列，人口只占百分之二點五的奇布茲卻對全國農業有三分之一的貢獻。公社的凝聚力在建國之前與初期，對以色列國家發展有著不可磨滅的貢獻。我自問，一種以拓荒團體互助力量，堅定地要讓生活更好的極大化追求，是否是以色列在佔領區屯墾手段的原型？

濕漉、滴答，風吹，傘斜，要進到了「猶太社區戰士公社」（Ghetto Fighters' Kibbutz）裡的「猶太社區戰士博物館」，精神才安定下來。一些青少年在接待處走動，我們等著，G朋友的爺爺要為我們解說。

Marek Herman，八十歲的人哪，身子還是那麼筆直硬朗。他在二次大戰期間從波蘭到義大利參加游擊隊，一九四八年從海法港踏上以色列國土時，雖已經歷過三場戰役，另個戰鬥卻在他眼前等待著。

「不能說，我把家人的墳墓拋棄在波蘭，因為他們不曾被埋葬。我家人的命運正如同許許多多波蘭的猶太人。如果我有著戰士的人品與性格，那是形塑於我個人的歷史，其中包含著家人的生與死。」Herman在自傳裡說。

一九四九年，大屠殺的倖存者、華沙猶太區的戰士與游擊隊員在加利列湖（Galilee）西邊共同成立了「猶太社區戰士博物館」，以研究與教育為目的，收集來自全世界對猶太人的記錄以及有關大屠殺各種形式的檔案，包括二戰前猶太人在歐洲的生活情況、大屠殺時猶太人的命運、猶太人的起義抗暴，以及為延續猶太生活而奮鬥的故事。

Herman對整個博物館瞭如指掌，重點導引必須知道的每一轉彎、每一角落所陳列的記錄。G忙著翻譯，我邊走、邊聽。看德軍如何燒猶太人的長鬍，看猶太人如何被視同瘟疫、被次級對待而不允許和一般人在同一橋上過河。好些照片和影片是聯軍解放集中營時所拍攝：側躺在通舖上，只睜大眼睛，意識上已無法辨認、不懂喜怒的囚犯；病瘦得只剩一副骨架的孩童；手扶欄杆卻沒有力氣言語的男人……這些種種，有的已在電視與報章上重複出現過。記得數年前在日內瓦國際紅十字會博物館觀看類似的展覽，有位穿著入時的女人，在只有我和她的小展覽廳裡，緩緩走過一張張令人心碎的照片時，極力不出聲地啜泣。或許這些泯滅人性的記錄裡有著與她相關的不堪回憶？

我停步在一張並不「殘忍」的黑白照片上，卻感受到發自心底深沉的悲涼。那是村子的街道，一長排的男人、一長排的女人，穿著或長或短的大衣，有的戴著帽子，有的戴著手套，有的正和德軍談話，有的只是馴服地站著，照片經放大而變得模糊，看不出他們的表情。照片旁的壁上文字說明，這些人正被撿選該送往何處。我想像自己是其中之一，卻找不到任何字眼來說明這樣的瘋狂。

博物館以國家為單位，詳細介紹二戰時歐洲各國對猶太人追捕的情形，卻也不忘以大幅相片標展曾冒死拯救猶太人的英雄；其中包括天主教的主教，秘密給猶太人國外簽證的領事館人員，以及將一家猶太人藏匿在下水道一年半，並供給他們食物的工人……

目前博物館正在重新裝修，Herman不斷提醒，一年後我應該再回來看看。一張小桌上擺著幾個可以握在手心，有著黑白小點的灰色圓形物體，上頭有號碼，不仔細看不知是石塊。「這是發給進入毒氣室的人。納粹以這種辦法統計他們殺了多少人。接到的人還以為是肥皂。」老人不帶情緒地為我解釋。展覽廳另一旁有幾個小學生正在玩笑推拉。博物館的教育活動集中在大屠殺與猶太英雄事蹟的闡述，卻也承認，這些活動在面對當今的猶太人和以色列社會時，是最遭批評的挑戰之一。

Herman一生參加數次戰役，老兵的身心到底有多少悲歡的蘊涵？而本身是深沉歷史的人究竟如何看待國家當今的困頓？我的好奇心一旦燃起，便難以遏止。輕聲問G，可否為我打探，問老人敏感問題的可能。沒人回話，我只得跟著走。到了寬敞的圖書館，Herman示意我們找個角落坐下來談。才知道，原來老人應允了訪客的要求。

正當我忙著準備錄音機和紙筆時，G已開始和老人談了起來。他明白我。

「兩個國家。這是唯一的路。」Herman堅決主張。

「可是對方必須要知道，他們到底願不願意建國。他們必須自己內部談妥了，才和我們談。他們必須決定，要繼續以激烈手段面對問題，還是要好好地建立國家。」

除了以色列與巴勒斯坦之間的糾紛，還可能問什麼呢？知道Herman也贊成兩個國家並存的形態，我像是受到了鼓舞。

「怎麼和一個不承認你存在的人談話？哈瑪斯和法塔赫必須停止互相殘殺，承認以色列已存在半個多世紀的事實。我們隨時準備和他們談。別忘了，是我們撤出迦薩之後，整個情況才失去控制的。」

「屯墾區呢？」

我了解，這是個敏感中的敏感問題。

「屯墾區的問題當然要解決，而且是在雙方協議的情況之下。有的可以拆除，有的已經沒辦法了。」

「近來讓國際批評最厲害的隔離牆呢？」

「隔離牆是在被逼迫的情況下才有的措施。過去我們遭到自殺炸彈攻擊，不是只有媒體上的那些而已。以色列人必須面臨的最大威脅是，不知道生出來的孩子是不是可以在自己的國土上養大。」

「可是牆並不完全沿著綠線而建，有些已侵入到巴勒斯坦土地。」

「那些是攻擊者出沒最多的地帶，稍微進去一些是可以接受的，這只是暫時的權宜，以後全可以拆掉。」

「可是以色列本身的民間團體，不見得贊成這個措施。」

「他們想到的是人權，國家想到的是安全。」

隔離牆。二〇〇二年開始興建，計劃中的長度近七百公里，平均每公里造價一千五百萬斜克（以色列貨幣）。有些牆高八公尺，深入地底數公尺的，是要防範巴勒斯坦人挖地道走私。為了築牆，房子倒塌，農地廢耕，已經破碎的西岸更加凋零。

告辭之前，想給老人一點錢，謝謝他的導覽與提供解答，可是他卻堅拒不收。

「我一輩子就住在這公社裡，也是博物館的義工，和錢扯不上關係的。」

「這樣好嗎？」我輕聲問G。

「就按他的意思吧。」

出了博物館，雨中遠處的黎巴嫩領土迷濛。撐開了傘，我並不真的覺得有何不妥，G卻突然發現，說，「喔，怎麼給了妳一把壞傘。風大，我手上這把可能對妳太重了。」

「沒關係，就讓它壞著吧。」

「我們必須在雨中走半個小時，可以嗎？」G問。

怎能不可以？是我自己不要坐在他舒適白車裡的。

主要是阿拉伯人居住的小鎮也不過四萬多人口，Akko是它希伯來語名稱。說歷史太沉重。

「我們來這兒吃世界上最好的Hummus。」G說。

據說是觀光客愛來的地方，卻沒看到幾個人。二月中旬對他們是錯誤的時間，對我們，再好不過。走過幾家只招來冷空氣的雜貨店，步入了一條長長的窄街。兩旁的那些蔬果呵，直讓人感到報導Darfur飢荒的存心不良。這星球上絕不缺糧，更不缺美糧，媒體何苦騙人？

連今天這種天氣還是要排隊。G像是自言自語，又像是說給我聽。也不知他所指為何，不知不覺已停在一個人群裡。原來Hummus小餐館到了。

「妳注意了，以色列人是不排隊的，要會懂得擠。」G說。

當然阿拉伯裔以色列人也不例外，我心想。站在這店口的人不就是。從玻璃窗內望，所有的手口都忙著。喜歡在陌生人群裡彼此打量的遊戲，一種沒有負擔的大膽。

高我半身的G開路。他就是可以找到在我視線範圍之外的空位。恰巧兩肘寬的小桌就併在另張只有兩肘寬小桌的旁邊。男人們邊抽煙、邊喝咖啡，桌上留有因內含不同調味品而有不同顏色的糊狀物。沒徵求我同意，G就逕自點餐。不一會兒小桌就被大盤小盤滿滿佔據。還沒來得及把手眼心擺好位置，他便說，把Pita撕下一片，沾著吃。我照著做。天，第一口就要戀上了！像個袋子的扁圓麵包溫暖得令人心喜。G把Pita沾著他的糊醬，也沾著我的糊醬，我也學樣，我們輪流沾著彼此的糊醬。也棕也綠的橄欖又澀又甘，小瓜、蕃茄冷潤，浮游的橄欖油在盤子裡泛光。

第一次來這兒的人往往吃不完，G說。他明白我。讓他繼續填肚子，我去看這神奇的食品究竟怎麼產生。窄櫃台旁就是小廚房。一位把長髮梳綁整齊的阿拉伯男子為我解釋。把雞豆煮爛打成泥，摻入橄欖油，依喜好，可加入芝麻糊、檸檬汁、鹽、蒜、歐芹、辣椒、茴香及其他調味料，即成！就這麼簡單？是的，就這麼簡單。

「生意一直這麼好嗎？」我問G。

「嗯，已經是第二代了。他們一早開門，下午三點便休息。」

「不擴大嗎？」

「不擴大。在別處也開了一家，可是這裡不擴大。」

「顧客多，人手也多。」

「他們每天提供這一帶的窮人極便宜的Hummus，十塊錢斜克就可以買到一大盆。」

雨停，風不止。G說，聯合國教科文組織把Akko 城堡納入必須保護的古蹟之一；說，這裡的公共設施其實還可以做得更好；說，妳看這牆上有些對歷史的解釋；說，小心，不要站得太靠近海邊……

三千年前的事，讓人糊塗。就說那個小小的人吧。拿破崙想扶持敘利亞的反叛勢力以對付奧圖曼，步兵在此圍城兩個月後被打退。高牆沿著岸線從這一頭長到看不見的那一頭，船裡的步兵可學過怎麼爬上濕滑的石牆？許久以後的後來，英國在城堡裡關了猶太地下組織成員，設了絞刑台。英軍雖成功地讓一些猶太人的屍體在風中晃動，監獄畢竟被攻破了。二百五十五人哪，逃命多麼壯觀！或許教科文組織看上了這牆城有條十三世紀的隧道通向共濟會的堡壘，把它冊封為應受保護的人類遺址。而遺址旁有好吃的Hummus以及最下層是乳酪做的Baklava，這事我不給人知道。

海水拍岸。天陰，風緊。鉛重的雲正速速地飛。我聽見三千年來大炮的轟隆與戰士的吆喝。說好不惹歷史，歷史卻迎面奔撲而來。地平線上浮現絡繹於美索不達米亞、阿拉伯半島及埃及的駱駝商隊與重礮盔甲，淋漓的大刀與迷濛的水烟在眼前旋轉飄動。兩千年前不死的民族，在兩千年後回到這巴勒斯坦地時，則搖身成美國的幫兇？如果時間是縱軸，空間是橫軸，我應該站在哪個座標上看待以色列？

小巴士裡沒幾個人，蒸氣使車窗朦朧了，我無聊地在窗上劃圈。

「妳在想什麼？」G問。

「Ferdinand Ries第二號第一樂章。」我答。

「我想看看去年（二〇〇六）夏天被炸的地方。」

「沒有了，看不到了。」

剛加完油，G正在扣安全帶。

「不明白。」

「記得昨天徒步去Akko一路上的水漥坑洞吧？把路修好的這種公共工程可以拖上幾年，可是戰爭的破壞，幾個月後就看不到痕跡了。」

＊　＊　＊

「差別在哪兒？」

「他們怕戰爭殘留會帶來永久的心靈創傷。」

「有這麼疼老百姓的政府！」我幾乎要感動了。

「還是社會成本的算計？病人不能不醫吧。」G諷刺地回話。

「兩個士兵怎麼被抓的？」

「他們沒按規定行動，讓對方有機可趁。」

「西歐國家說，這場戰爭不對稱。他們只抓了兩個做人質，以色列就把黎南夷為平地。」

「說不對稱之前要先知道，真主黨已經擁有可以擊中特拉維夫的飛彈。唯一的差別是，攻擊特拉維夫需要架設飛彈的時間，容易被偵測、被攔劫，而這次發射到這兒的，是可以架在肩上收發自如的武器。像釣魚竿一樣，必要時，拿出來使用，用完了就放回牆角。」

邊界往往是人少地帶，更何況是半年前還互射飛彈的兩個國家。到了欄柵處，按下車窗，警衛的和我車上的，兩個男人交換了兩句話，按上車窗。

「不買票？」

「彼此問好而已。他只是要聽我的口音，怕讓對方混進來了。另一種形態的檢查。這裡是敏感地區。」

整個停車場只有G的車。

Rosh HaNikra——石洞的頭，距耶路撒冷二百〇五公里，距貝魯特一百二十公里，是一處美麗的白堊絕壁，筆直插入湛藍的地中海。踏進纜車，下降到石洞旁，海便開始叨絮。G領我走進陰暗潮溼的石洞。他的長手長腳引我想起許久以前另個長手長腳的人。

「小心！滑！」G說。

每每一段彎曲長廊後就有向海開放的低窪處，海水灌進來又流出去。前面那人每走幾步就要稍稍回頭，確定我是否跟上了。海水侵蝕石灰岩而成的洞穴，大小不一，穴旁的水色也不盡相同。翠綠的我最愛，傳遞出一種絞死人的寧靜。在翠綠裡只能謙虛地呼吸。有那麼一段，巨浪飛濺入洞，淹了好大一片地，退去時，泡沫相繼破裂，在水未及退盡，另一浪頭便又撲了上來。要經過這一段必須拿準時間，在兩個浪頭之間搶過才行。

等到了一次不淹水的空檔，等到了兩次不淹水的空檔，等到了三次不淹水的空檔。

「我們不過去嗎？」G問。

「不過！」

我痴望著地上無數即逝的泡沫，斷然回答。海藍天藍了，我便要鬧瘋！

「如果你只告訴我那個傳說，卻不講明，為什麼那些父親把美麗的女兒嫁給有錢的老頭時，她們就上吊、跳海，我就不過！」

僵了。一個浪頭、兩個浪頭過後。G無奈地問，「日本人不是說，這就可以永遠保有屬於少女美的一切嗎？」

這麼愚蠢的問題，G也答得出來。他存心呵護我的無理取鬧？

不同的國家卻有同樣醜陋的故事。老天何以批准如此保有美麗的形式？彷彿是挺立在世界盡頭的白峭壁上，也少不了這樣的歷史重複：許久以前有個美麗的阿拉伯少女，被父親逼嫁給年老的駱駝隊富商。出嫁當天，騎在駱駝上盛裝的女孩，就在經過這處懸崖時，不屑於對方給她豐富的預許，毅然投海……

Rosh HaNikra自古是敘利亞、黎巴嫩、以色列、埃及與非洲之間商隊交易與軍事活動的重要孔道。英軍不逼人嫁，他們鑿山洞、築鐵軌，伊斯坦堡與開羅於是連接了起來。這個在冬陽下白亮卻不刺眼的石洞巨頭，一戰時曾擔任運送物資與武器的殺人大任。歷史在書冊裡死亡，此地的鳥群與植物卻因在近半個世紀之前只能由海路造訪，而活得地廣天寬。由於高品質公路的銜接，白堊絕壁與神秘深海已不再是潛水人的獨享樂園。

＊　＊　＊

「好看嗎？」G問。

車在公路上飛馳，見我望向窗外不作聲，以為他的乘客正在欣賞風景，便隨口問了句。

「可以呀，像西班牙或葡萄牙的什麼地方，記不得了。」

我慵慵地答。據說要帶我去看一個正在逝去的小鎮。消逝，是否可以這麼看待……

今天是今天
昨天是從幾十年以後回來的那一天
晨露是前夜撒在草上卻忘了回家的鳥鳴
被她抖落在舞池裡的憂鬱，一躍
上了你寬寬的肩頭。以為可以整夜呼嘯著離去
忘了。年華向晚

天雨，人稀。Zefat，猶太教四個聖城之一，位於上加利列區，是個不到三萬人口的小山鎮。地上舖有圓石的小巷，彎彎曲曲。靜謐的陽台滴下鐵鏽欄杆的雨水。G的腦子怎麼裝得下如此多的

人事，真讓我害怕。什麼地方了，怎麼他打開一扇門，就是個幽雅的小畫廊。側房裡走出來一名男子，中午時分不休息？G請他為我解釋Kabbalah。這人見了我便朗上極好的英語，原來是一九七九年已移民此地的美籍猶太人。

「卡巴拉（Kabbalah）原義『接受』，是猶太教神秘主義思想，專事探討神固有的內涵及其超越性，企圖解答無法以理性思辨，卻可由被造的現世來感知與體會的終極存在；也認為在無條件的愛裡，肉體與靈魂可以合而為一。」

G退到一邊去了。每當我和人談話時，他總是在視線之外。

「卡巴拉的聖者認為，揭示這神秘主義的教導，是猶太教繼續生存的必要條件。最高的真理是最簡易、最為人所需要的。」

「神呢？對神有什麼描述？」

「神就是存在。卡巴拉裡不討論神本身。」

聽著畫廊主持人Friedman的說明，彷彿回到了學校裡的宗教哲學課。

「我們這兒有專門學校。傳統上只限於獲選的拉比（Rabbi）及梅瑟五書（Torah）的學者才能擔任卡巴拉的指導人。」

「那麼這個區域的猶太人大都來自哪裡呢？」

「北美或阿拉伯國家。他們讀梅瑟五書，敬重卡巴拉。當然也有非傳統猶太人喜歡卡巴拉，特別是遊歷了印度及尼泊爾之後，對神秘學與冥想產生興趣。」

「也練習瑜珈、太極？」

「是的，也練習瑜珈、太極。」

「這些畫可以幫助冥想嗎？」

白牆上掛著大大小小色彩豐沛，線條繁複的畫作。我視線一移，提出了問題。

Friedman隨手拿了幅由圓形、三角形、方形、菱形交疊組合的畫加以說明：「當視覺順著這條線走時，必須吸氣，穿過這橫軸時呼氣，如此循線緩慢練習吐吶。」

我的視線跟著Friedman的手指在畫上遊走，卻覺得眾多的色彩容易分散注意力。如此的顏色引誘是種定力測試？還是東方「零環境」冥想所顯示的更好效果，足以吸引也有冥想傳統的西方人去東方學習？另幅有畢卡索Guernica風格的畫，不但沒有握短匕的斷手或雙手向天討公道的長嘯者，反而交代出物質形成元素，以及人心主情緒，人腦主思考，必須左右對稱，上下流通的自然法則。

「卡巴拉看似老舊、過時，其實和相對論、量子力學、大霹靂理論、混沌理論有相通之處，兩者結合更可以了解生命及宇宙本質。」Friedman這麼做結。

「妳大概沒機會注意到，這裡的畫價從數十到數百美金都有。」出了畫廊後，G這麼說。

「我沒看到房子外面有任何招牌或指示，可能他有些熟客吧。」

「有人認為卡巴拉的教導應該由四十歲以上已婚的猶太法典學者擔任，因為誰進入了這個『樂園』，誰就會瘋掉。」

G的補充讓我想起「走火入魔」，卻不知是否恰當。

小餐廳裡只有我們兩人。透過雨水密佈的大窗眺望不遠處雜亂的房屋街容。

「我大概不會喜歡住到這裡來。」

「這地方過去是個觀光區，現在變窮了。信仰虔誠的人搬進來，世俗人只好搬出去。注重精神生活卻忽略了公共建設。」

「除非缺水，貧窮並不表示可以不乾淨、不整齊。」我仍不改批判的習慣。

黑麵包烤得溫熱，多麼宜人。G也吃素，外食時，就讓他去張羅。

走進來一名文藝復興時代的仕女，我不能不看她。這午後的雨色天光，是為她的臉龐色澤與五官線條而存在。拉斐爾一定為她上過妝。女人給她的小孩餵食。不久，男人來了，就坐在他的女人和孩子對面。他頭戴黑高帽，身上的黑外套及膝。除了一把大鬍子之外，兩鬢的長髮捲曲。先前問過了Friedman，方知，一般男人早晨刮鬍，這些傳統猶太教男人捲髮，作用只在宣示、只在識別而已。這女人的男人是猶太法典的學者，是學習卡巴拉的神秘主義者，還是一般的傳統猶太教徒？罷了，我自己仍舊執迷不悟地愛戀紅塵。

走上斜坡，路旁站著個引人注意的長方形金屬箱。G說，那是濟助窮人的捐款箱。前方有個小店，門口擺了三大張薄板，釘掛著數不清的中亞風格耳飾。繁複的作工，樸舊的色彩，輕輕碰觸了，細細涼涼，難以罷手。看了G一眼，他識相地走開，我的心思也好還給自己。選了兩付，店裡結賬。怎麼桌旁坐了個印地安人？看到我，說：妳好！音調正確的華語！蘇黎世機場人員是以日語和我打招呼的，這人不同。

「亞洲被我跑遍了，當然也有香港、台北。我喜歡台北。中國不好。中國只賣東西給別人，賺了錢就買武器。」

這人在雜亂的桌上找出印有兩個小胖娃的紅包袋。

「朋友剛從香港帶來給我的。一付耳環，一個袋子。高興嗎？」

不錯的交易，我心想。

「小心吶，有一天中國會像耶穌一樣，在海峽上行走到台灣來。對日本也是個威脅。」

「這人太愛講話。他太愛講話了。」

出了店門，G連說了兩次。

「左邊這一帶有些所謂的聖地，傳說中聖人的舊居或安葬的地方。」

車平穩地向前奔馳，號誌有希伯來、阿拉伯及英文標示。

「看到右前方的公車站？曾經出過事。」

「我在聽著。」

「老套了。兩個人綁了一身炸彈。他們讓車裡僅有的兩個阿拉伯女人下車，然後就連人帶車炸了。後來有人指責這兩個女人。其實也不公平。當時她們也一定嚇壞了，而且這麼郊外的地方，她們一下子要向誰報告或求援？」

G聊得輕鬆，我卻皺了眉，將視線從窗外收回到膝上的黑袋，頓了頓，說：「去年夏天和真主黨衝突時，你在做什麼？」

「生活。」G答。

今晚去酒館，G說。這樣的提議，如何抗拒？等到朋友A來了，我們便上路。去哪家？男人們商量著，我跟走在暗街上，心裡一陣雀悅。Joya的門口站著一名警衛，一把黑色手掌寬的方條形偵測器劃過兩個男人的後腰際。這警衛卻對我沒興趣。上了樓，音樂聲不小，客人卻不多。他們各點了杯啤酒，我向來對果汁忠實。

A在電腦工程裡穿梭，不久就要去日本朝聖。男人以他們的國語、他們的方式談話，我忙著偷看右後方一桌吵鬧的年輕女孩。吧台旁有個應該已喝醉卻硬要集中心力撐住自己的少女，衣著不適當地少，和她談話的是個頭戴猶太教小頂帽的五十多歲男子。女孩談得吃力，聽得用心，男人則是輕鬆自在，毫無所謂。

音樂聲越來越絞緊神經。

「全世界都恨你們是美國的密友。」

我半吼著。

「不盡然吧。近來為了賣武器給中國的事，鬧得不太愉快。」G說。

A附和著點頭：「美國怕中國，總不能因此而不讓我們賣武器。這可是干涉內政！」

「忍忍吧，想想你們的面積和資源，加上旁邊的環境。」我故意調侃。

G一聽，以手指在桌上畫了個長條形刀片，把我的吸管往中間橫放，說：「兩萬平方公里，一半是沙漠。」

這麼個簡單的動作，卻讓我猛然意識到，「安定中求發展」的公式在以色列並不管用，他們是在動亂中求進步。波斯灣國家某些地帶，以手隨意挖挖表層，劃根火柴，便可點火燃燒，如此豐盛的石油資源、廣袤的腹地，加上數千年歷史，平均所得為何比不上這個一退就入海的小國？

「美國不論到哪裡都要插上一腳，在中東地區我們是唯一的『西方』，美國不和我們談，難道和沙烏地阿拉伯談。」

A的話，像問題，又不像問題。

「美國和沙烏地是貿易夥伴，和你們可是老朋友啊。雖然Bandar王子縱橫華盛頓二十多年，Condi和Olmert見面，可是要行吻頰禮的。」我挑釁地說。

「妳以為美國會無條件幫以色列的忙？他們是以自己的國家利益為『終極關懷』。聯合國讓巴游組織成為觀察員，把錫安主義定性為種族主義，要求我們執行國際法庭的裁決，終止和拆除隔離牆，這些和美國不直接產生利益的事情，他們就不動用力量操控聯合國了，和現在對伊朗的情況很不一樣吧。」

奇怪，大聲講話對A似乎不是難事，怎麼我就得半吼著？

「所以啊，以色列和美國在某些時候的聯合是基於共同利益，把這兩個國家劃上等號並不正確……」

人逐漸多了，音樂轟響得不適合談話。一支曲子節奏強勁，旋律明確，立刻抓住了我的注意力。同桌的兩個男人竟不約而同地以食指敲著桌沿，身體左搖右晃，隨唱了起來。啤酒應該不讓人醉，四隻手指卻敲個不停，我被硬逼成了背景。A嚷著：「這是以色列人作的曲子，為佔領區的人出氣。贊成巴勒斯坦人強暴以色列女孩……」

只聽懂一些。換了曲子，男人們也樂夠了。結賬時，他們要求換另一張賬單，我不明白。

「第一張賬單多了幾塊錢斜克，大概可以叫『警衛稅』吧，可是我們不願給。反正這點小錢也不會到門口警衛的手裡。」G對我解釋。

夜風吹走了方才的音噪，我要求知道是什麼曲子讓人興奮了起來。

「Mami是齣搖滾樂劇，一九八六年一群以色列藝術家的集體創作，基本上是對國家黷武政策的反諷，對佔領、政治議題、南部鄉鎮資源分配不均的控訴。」G說。

我的好奇心立刻被鼓動了。

「先說說Mami這字是什麼意思?媽媽?」我問。

A笑答：「不是，不是。希伯來文是蜂蜜，專叫女孩用的，有點輕蔑的意思。不過，不同的人在不同的情況下用這個字，有不同的意義。」

「整齣戲的內容是，」G明白我，他開始解釋：「有關一個在南部生活的女孩，就在婚禮當天，她的新郎變殘了。後來她到酒館工作，遭到七名也在同一酒館工作巴勒斯坦男子強暴。」

「你們放開嗓子高吼的是什麼?」

「強暴歌。」

「什麼?」我大叫。

「強暴歌。想知道歌詞?」G問。

我能不點頭?

好，妳聽著，「強暴歌」的內容是：

巴勒斯坦人：親愛的，喔，親愛的，把妳的腿向七個受壓迫的巴勒斯坦人張開。親愛的，喔，親愛的，把妳的腿向七個受壓迫的巴勒斯坦人張開。二十年的佔領，我們不要再等待，勃起和精液就要為巴勒斯坦討回尊嚴。

女孩：脫掉你們的褲子以前，先聽我說。Ishmael和Issac原本是兄弟，我們在天上有同樣的父親。你們在難民營裡出生，夏天熱，冬天冷。我在貧民窟裡出生，其實我們有同樣的身世。我在加油站櫃台後像阿拉伯人一樣地被使用。你們沮喪，我也氣憤，我們每個人都是一樣被壓迫。

巴勒斯坦人：親愛的，喔，親愛的，妳悲傷的故事讓我們心情沉重。可是別無選擇。我們已經決定，今夜就要討回我們的尊嚴。你們以人口之名驅逐我們的孩子，以地理之名拿走我們的土地，以教育之名關閉學校。你們為了宣傳，把我們叫成納粹和臭蟲。喔，親愛的，我們要幹妳，以意識形態之名。親愛的，喔，親愛的，把妳的腿向七個受壓迫的巴勒斯坦人張開。親愛的，喔，親愛的，把妳的腿向七個受壓迫的巴勒斯坦人張開。二十年的佔領，我們不要再等待，勃起和精液就要為巴勒斯坦討回尊嚴。

女孩：脫掉你們的褲子以前，先聽我說。Ishmael和Issac原本是兄弟，我們在天上有同樣的父親。不是我媽的手驅逐你們的孩子，不是我瘋掉了的嘴，叫你們是臭蟲；不是我疲累的雙腿走在希伯倫和那不勒斯，我在輪椅裡的良人，也不是你們的錫安惡夢。

巴勒斯坦人：親愛的，喔，親愛的，我們要幹，因為我們受到壓迫。你們的規則是我們的悲劇。親愛的，喔，親愛的，我們要幹，因為我們受到壓迫。你們的規則是我們的悲劇。巴勒斯坦國要自由，不要把強暴看得太嚴重。二十年的佔領，我們不要再等，勃起和精液就要為巴勒斯坦討回尊嚴。

G一字字地說，我一句句地聽。怔了，呆了。

「就這樣？」我難以理解又暗自叫好地問。

「就這樣。」他理所當然地答。

「二十年前就這麼公開反政府？」

「當然。別忘了，以色列人是為批評政府而出生的！」

「這附近有七、八家酒館，剛去的是新開的，下次找個不那麼吵的地方。」A說。

「怎麼酒館這麼密集？」我問。

「嘿，怎麼知道自己可以活到什麼時候。」

A的話，像問題，又不像問題。

A和我們分手了。

「去海邊走走？」G問。

「妳看這個餐廳。」

停妥車，走向岸邊。餐廳就座落在礁岩上，一整排大窗環繞。早已打烊，走道上的燈仍亮著，照出廳內無數桌椅的黑影。

「我十三歲成年禮完後，就在這裡慶祝。」

「好大的面積，不像是一般餐廳。」

「大部份是機構、家庭有慶祝會時候用的。」

「如果是自己的，我會加上大盆景和紗簾。」

難得有一搭沒一搭地閒聊。很好。

這海沒有聲音，也和搭乘郵輪在亞得利亞海上航行的夜晚一般漆黑。海像隻黑鬼，一隻不害人的黑鬼。多好的步道，值得一輩子沒完沒了地走下去。打開幽冥的記憶，裡頭也有個長長的人陪我在某個夜晚的某個海邊行走。那時的海，不但咆嘯還有鹹味。關好記憶門的現在，有風。這樣的風，原本就適合一場相遇。然而，我怎是來此惹塵埃？

＊　＊　＊

G遞給我一張回數公車票，摟摟我的肩，輕啄一下我的前額，說句「祝妳成功」，便駕著車子揚長而去。這人要去辦公室看資料，我盯著滿街呼嘯的車輛，才只是早晨，便已開始感到孤寂。特拉維夫，以色列第二大城，也是經濟、文化中心。單獨在陌生的城市，就迷路吧。

在一條不知名的大街下車。首先必須決定往哪個方向走。大部份的店都還關著。走過購物中心，入口有警衛。走過大銀行，入口有警衛。走過辦公大樓，入口有警衛。走過電影院，入口有警衛。走過小餐廳，有人正吃著一大碗沙拉。走過服裝店，看店的女孩對我微笑。

「請問怎麼去Shenkin街？」

「從這裡直走，過兩個號誌右轉，搭十七號公車。」

走過兩個十字路，右轉，卻沒有十七號車牌。那盛裝的老太太當然沒騙人，只是記錯了。再問，再上車，再走路。

書報攤上看不到穿著暴露女人的雜誌，所有報紙的方條形希伯來字不約而同地、無聲地取笑我。住宅區的自用車一輛挨著一輛。微微的上坡，微微的下坡。不知名的花開了，攀藤植物爬出了欄杆。推嬰兒車媽媽的馬尾正左右搖晃。我想到特拉維夫的名字，Tel的希伯來語是「小丘」，Aviv則代表「春天」。走在春天的小丘上，我是隻無欲的駱駝。

「請問怎麼去Shuk Hacarmel？」

「從這裡下去，直到大的十字路口，過街，往右，搭二十四號車。」

還沒往右，就看到前面躺著條長長的市集街，見不到底。我於是走進了兒時和媽媽常去的市場。人和人比肩而過，只是舊時湯湯水水的鮮魚攤和蒼蠅環繞的豬肉架，全由眼前大紅大綠的蔬果取代。一盆盆橄欖在黃燈下的深綠、棕綠竟然顯得晶瑩。三分之一個手掌大的草莓一大袋一大袋地裝著賣。餅乾層疊在塑膠盒裡。長條、圓胖、扁薄的麵包或Pita堆得滿坑谷。小塑膠桶裡的Hummus怎麼多得像瓶裝水那般賣？蒲扇大的無名綠葉菜有哪個菜籃裝得下？終於明白為什麼那個老先生的購物車，只是兩個小輪子拖著鐵線搭起來的長方形空間而已。成衣、雜貨塞滿了眼睛，還有手織的、機器裁製的各色猶太小頂帽，每片也不過數十元台幣。卸貨小卡車阻擋通道，人群起了一陣小騷動。路不是平的。踩到了什麼也不需理會，到頭來顏色不都一樣了。有些個東方人，菲律賓，還是印尼？他們和此地人的身高體態相去不遠。從市場的這端走向那端，再走回。可別忘了要搭公車。

至少二十個號碼的站牌走完了，就是不見二十四號車。那穿緊身牛仔褲的少女當然沒騙人，只是記錯了。

「應該是二十五號，妳跟我來，我上同一班車。」

一位黑衣太太這麼親切地說。

搭公車遊覽，看街、看景、看人生。象牙顏色的大建築雄踞，象牙形狀的大柱子擎天。右邊的公園不太長樹，陽光舞動起來，原來是地中海現身，白花花一片鱗亮翻騰。停在紅燈處長睫毛的女人，披巾從頭到肩到身裹得密實，就在下腰處垂墜長條流蘇環繞窄臀搖曳生姿；她嬰兒車裡女娃的頭髮是層層的黑色波浪。

在一個不知名的地方下車。走過安靜的對街，走進拐角的油漆店。油漆店？那是因為門口的安檢讓人無法一眼透見店裡的內容，阿拉伯字的店名，當然也對我視而不見。來到一個廣場旁的咖啡館，點了杯Earl Grey，坐在酥軟的陽光裡偷懶。隔兩桌的男人正翻著報紙，離店門最近小桌旁的兩個女人邊吃三明治邊說笑。

「外面，陽光照耀，樓下草坪上，我的女友裸著身體。六月二十一日，一年中白日最長的一天。路人走過我們住的這棟樓時會看到她。有些竟然找到重繫鞋帶的藉口停下來，或者，這麼說吧，他們踩到了狗屎，現在非得停下來括掉不可。有些則不找理由，大剌剌地直看我裸體的女友。……我坐在三樓的陽台上，試著要找出自己有什麼感覺。每當我要找出自己有什麼感覺時，就變得有點奇怪。……」以色列作家Etgar Keret在短篇小說《我的女友裸體》裡這麼寫著。

和風暖暖，讀著Keret的文字，想笑的時候，又有些哀。他說，一般以色列人，如果飛彈正巧沒落在他家屋頂的話，一覺醒來，他不會問，巴勒斯坦問題怎麼解決，而是擔心太太是否還愛他。Keret認為，他的同胞必須有些瘋狂，才能忍受得了心神不寧的生活，因為這個國家是分裂的、是捉摸不定的、是反覆無常的。以色列可以因宗教理由停擺公共交通，也可以參加高水準的歐洲年度歌唱大賽而得獎。以色列人認為全世界都恨他們，同時又覺得自己偉大無比。這個國家有頂尖的高科技，有美麗非凡的女人，也有最鑽刁的商人，這種自覺邊緣的情結與自大狂成就了以色列的國家情緒。許多人不但不感到矛盾，甚至享受這種情緒。

我要了第二杯Earl Grey。

人類歷史上，音樂、哲學、科學、文學、醫學……各領域，少了猶太人勢必要全盤改寫，然而以色列境內的和散居世界各地的猶太人卻大不相同。在家園裡的，輕蔑白皙無力、有著犧牲者烙印的知識份子。他們選擇體壇名將Netanyahu，放棄讀許多書、會多國語言的Peres。他們只要武將，不要秀才；只要在不知有明天的轟隆炮火中，想辦法吸引蜂擁而至的高科技外資，而不要像建國之初只賣地中海陽光下閃爍橙光的Jaffa柑橘。以色列本身是個治療猶太智慧病的療養院，所有的發展、所有的算計、所有的鑽營、所有的顛覆，一概指向生存！一個讀梅瑟五書的孩子，一定要學會對內容質疑。探究到底，不全盤接受，便是猶太思想的精華。一般人憎恨有教養的文化人，這個精華的底層秘密讓猶太人成了被仇視的對象。當今在以色列境內的猶太人卻是被戰爭雕琢成形的偏執狂，只要阿拉伯人說要消滅他們全部，以色列人便恐懼地相信了。沒人知道在購物之後，是否可以回得了家；沒人知道，自己的孩子是否有機會可以養大；而在付完車資下了計程車之後，還會害怕司機將追上來要錢。

以色列人會因為喜歡你的鼻子而請你去吃飯。他開你玩笑時，是因為你對他很重要。而當你有禮貌地問「今天好不好啊？」，卻得到「不錯，跟你的外貌看起來一樣」的答案時，也不需太驚訝。就說個笑話吧：有天David問爺爺哲學、形上學和宗教的不同。爺爺想了想，說，我親愛的孫子，哲學就像在一個暗室裡找一隻黑貓；形上學是在一個暗室裡找隻根本不存在的黑貓；而宗教是，雖然在一個暗室裡找隻根本不存在的黑貓，找的人還是會突然叫說：我找到了！以色列人的幽默脫胎於對自我的嘲諷。以一本聖經征服億萬心靈的猶太民族，也可針對其自身的偉大，生產如此顛覆性小小的酸楚笑話。

＊　＊　＊

「請問到Azrielee Centre應該搭什麼車？」

「四十六號。」

我可以相信他嗎，這個好看的咖啡館夥計？不可以。找不著四十六。再走下去就沒站牌。折回。問一個正整理他塑膠包的髮稀老者。

「四十號。絕對錯不了。不是四十五，不是四十六，是四十。絕對錯不了。」

公車有瑞士的品質，乘客有南義大利人的外表。據說猶太十二部族中失落的那一群在衣索匹亞找著了，近年也有該地來的移民。以色列究竟有哪些人種、哪些膚色、來自哪些國家？以色列究竟有什麼脈動、幾個黨派、幾種宗教？以色列究竟怎麼呼吸、怎麼撒野、怎麼歌唱？以色列究竟是什麼，而什麼是猶太？

「妳可以下車了。」

旁邊好心的女孩說。

兩座巨大銀白的圓筒形建築並列。不見任何標示，問了背著M16步槍候車的士兵才知道入口處何在。又是安檢。偵測器劃過身體，背包打開來檢查。到了環形梯盡頭方知，原來是個購物中心。昨晚和H約好到特拉維夫時給他電話後，便做了個夢。我拿個大鍋煮H的話。這些話是一串串的鐵字母，用筷子一句句地煮，還不時撈起來看熟了沒。煮開後，一隻小烏龜爬出鍋子。醒來。

在購物中心可以做什麼？看人。看情侶依偎，看媽媽餵小孩，看火車購票機前永遠有人讓錢吞吐，看性感內衣櫥窗前自己疲憊的身影搖晃。還有，看灰塵在陽光中飄揚。手機響起，H說：「我剛要從耶路撒冷開車回特拉維夫，大概一個小時後到達。妳先去Hotel Dan，Gaydamak五點鐘有個記者會，妳應該有興趣。」

跳上計程車，還有十分鐘希望來得及。到達飯店門前，安檢。給看了背包和名片。

「記者會場？」

「樓下大廳。」

怎麼是吵雜一片。台上桌前一叢紅玫瑰兀自孤零。台下約有六、七排座位，只有三兩個人坐著。背著、扛著不同相機的人倒是蝗蟲一樣多。好不容易開始了。一個身著灰色西裝，個子不高，稍嫌瘦削的中年男子走上台，坐定。鎂光燈閃個不停。

「這個機會很好，可以表達我對以色列的看法。我是公民，以色列人對我有很大的認同。我不是政治人物，不需要被選，也不需要考慮是否能連任。」台上的瘦男人說。

「我們想知道，你的錢從哪裡來？請告訴我們，你的錢從哪裡來。」

有個記者佔著記者席上的麥克風，重複了兩三次。大廳後半段的攝影記者從不止息地說著話。

「我做社會運動，不屬於任何黨派。那些政治人物，今天做這個，明天做那個，目標都是在連任。」

「Gaydamak先生，你遲到了整整四十分鐘。」

「我準時到達這個飯店，他們要我在樓上等。後來才有人通知我可以講話了，其他的，我不知道。」

「Gaydamak先生，你打算組黨嗎？」

「我不排除這個可能。可是目前我是公民，我很受到以色列人的支持和認同，這是其他政治人物所比不上的。」

「請不要一直重複你的話，你今天到底要談什麼？」

真高興這記者也提出了我的疑惑。耳際只響著I have high level of recognition of Israeli people。一刻鐘過去了，我仍不知道這人要表達什麼，也不懂為何H建議我來現場。美國記者習慣先報出自己的姓名和所代表的媒體。原來不只一般報社，連美國猶太團體也有人參加。瞥見右鄰美國記者筆記本上的速記，舊時在校考速記的情形突然湧現腦際。

「我可以代表民眾說話，因為他們認同我的想法。我不贊成去年和黎巴嫩的戰爭，我們失去了希望和平的形象。對方死亡的人數會被利用，加以誇大。」

「我們不知道你的過去，你應該把自己交代清楚。」

Gaydamak似乎是個神秘人物，沒人知道他的來歷。

「我不給錢，如果有些可以拿出來分攤的，我會做。」

俄國人發問了。Gaydamak說：「我的計劃改變了以色列政府。這裡有些猶太人不認為應該延續猶太傳統，以色列境外的猶太人在世界上有一定的地位。我不會有政治運動。未來如果必要，我會組黨，可是目前沒有這個打算。」

Gaydamak說話不疾不徐，也似乎從不呼吸。

「你支持Netanyahu，為什麼？」有人問。

「因為他有經驗，而且誠實，可是我只同意他的經濟方針。Olmert的群眾影響力比不上我，我不是政治人物，可是有其他人和我一起推動工作。」

「哪些人和你一起工作？」

「境外猶太人和以色列人的關係很難解釋。境外猶太人可以投資以色列，也是他們支持祖國的表現。以色列不應該不接受俄國猶太人的錢，他們希望和以色列合作。我不同意目前的以色列政府，他們應該總辭。我的目的是改變政府的氣氛，他們應該和鄰居談判……」

接下來，俄國記者卻突然以俄語提問，在場其他人的筆不得不停了下來。攝影記者仍在後頭談論不休，一種令人不安的嗡嗡聲持續不斷。Gaydamak一說起俄文就更了無邊際了。他的面部表情一如普丁，也就是沒表情，連眉頭都不皺一回。二十分鐘的俄語之後，會場自行鬆動。有的起身，有的喝茶。沒人宣佈開始，也沒人宣佈結束。人群各自三兩散走。我仍舊不動，因為喜歡看散場後可能有的凋零。幾個人站上台去，把Gaydamak團團圍住。他把雙手插在褲袋裡，依然冷著面孔說話。台下有兩個拿公事包的男子，雖不符合我對一般保鑣的印象，卻應該是Gaydamak的人。然後，簡訊說：塞車，一個小時候到。記者會都已經結束了，可憐H還困在車陣裡。

飯店一樓大廳幾乎沒人。坐了一會兒，站了一會兒，走了一會兒。看到Gaydamak和他的人馬從底樓上來，轉個彎，上了電梯便不見了。我又坐了一會兒，站了一會兒，走了一會兒。簡訊說：還有十五分鐘。再說：四分。大鬍子出現了。他快步向我走來。

「實在非常抱歉，比平常多出一個半小時。」

「沒關係的。我人在這兒，可是我不等。」

出了飯店。

「我們去Mike's Place吧。」

「Mike's Place？是幾年前……」

「沒錯，就是那裡。離這兒不遠。」

「那些攝影記者吵整場，實在不舒服。」

「別忘了，妳現在是在以色列。」

「Olmert怎麼說？」

一邊快走，我一邊快問。H專程從特拉維夫去耶路撒冷參加以色列總理年度記者會。看他趕得上氣不接下氣地，就因為和我約好了。

「正如預料，沒新的東西。我打算針對他寫篇特別報導，所以還是去了。」

H在以色列已有十三年，是蘇黎世一個媒體的中東特派員。家都在這兒了，也不曉得是否有回瑞士的打算。

「這個Gaydamak似乎很神秘。他說話閃爍，有意迴避問題，而且不動聲色，相當機靈。直覺上，我不太信任他。說實在的，我不知道他今晚談話的重點是什麼。」

我滿腦子不解，想探知更多。

「他是俄國猶太人。去年夏天和真主黨起衝突時，他在北部搭了一大片帳篷，日夜供應飲食，完全免費，非常受到基層民眾的歡迎。」

「手筆這麼大。算是俄羅斯的經濟寡頭？」

「他的錢來路不明，他的家人在法國，他自己因洗錢遭通緝，回不去。目前的情況是，只要他一踏上法國土地，會立刻被收押。」

才七點多，Mike's Place裡的人不多。

「妳運氣好。昨晚傳有自殺炸彈，整個特拉維夫在五分鐘內交通完全停擺。來，妳想喝點什麼？」這酒館的音樂聲還消受得起，只是令人緊張。

「隔離牆築起來後不是好多了嗎？」

「防不勝防。我猜昨天是有人通報，是巴勒斯坦人自我出賣，目的是錢，當然能夠獲得以色列通行證也是重要的誘因。妳知道吧，西岸的巴勒斯坦人不能從特拉維夫出境，必須遠赴安曼。」

還沒坐定，外套也尚未找妥位置放好，談話便已開始。

「這是個惡的循環。以色列對他們的控管越多，越逼他們走絕路，以色列本身就越不安定。」

我邊說邊要了一杯茶。在酒館裡。

「國際上說，以軍在佔領區濫殺無辜、亂拆房子，巴勒斯坦人的生活隨時隨地受到干擾和破壞。」我攤開筆記，看到什麼，先說什麼。

「以軍一聽到有嫌疑份子就長驅直入、直搗目標，先下手為上策。以前殺一個人會賠上另外四條人命；現在雖然好多了，卻也有出錯的時候。他們的手段粗暴猛烈，其實懼怕的成份居多，目的達成後，立刻撤出，所以巴勒斯坦人覺得以軍來無影去無蹤；加上密佈的崗哨，村頭一個，村尾一個，有時連走路都可以拜訪的親戚，卻幾年見不到一面。外面的人不容易想像他們生活的焦慮和痛苦。還有，站崗的如果是年輕的以色列士兵，沒經驗，加上害怕受檢的巴勒斯坦人可能暗藏武器，他們惡劣的態度很容易引起衝突。年長一點的，情形就不同。」

「告訴我，Sharon為什麼突然從迦薩撤出？」

這個疑問在我心裡悶竄了一年多，總要有個答案。

「他不是突然撤出。Sharon在二〇〇一年當選，解決迦薩問題原本就在他的政見裡，四年後付諸實行，在時間上是恰當的。這事不能說做就做，撤出後，原先住在那裡的人該如何安頓，Sharon本身怎麼面對反對的壓力等等，絕對不是突然起意的行為。」

「所以是有計劃的，單方、片面的撤出。原因呢？由於要長期以極多的兵力保護極少的猶太人口，實在負荷過重？」

「的確是人口分佈的考慮。迦薩的情況就是以色列本身的縮影。西面濱臨地中海，其他部份，想想，約一百三十萬的巴勒斯坦人包圍八千多個以色列人，比例太過懸殊。可是話說回來，整個迦薩走廊是由以色列包圍的。以色列握有迦薩的鑰匙，控制海、空，只要一封鎖、一禁運，迦薩就癱了。」

「迦薩的巴勒斯坦人苦成這個樣子，以色列也應該鬆鬆手，那麼一丁點地方到底有多大戰略價值？」

「迦薩帶給以色列最大的困擾是自殺攻擊。不過，的確有許多人主張撤出佔領區，這就是以色列國內輿論的分歧點。其實問題是有解的。一九九九年Barak總理頂著千噸重的反對壓力，願意歸還百分之九十七的佔領地及東耶路撒冷的一部份，可是Arafat要求百分之百的西岸地區，由於談不攏只好作罷。」

「我猜想，這不單純是政治議題或光憑理性就可以解決，深層不顯的文化因素必須考慮進去。我一向認為，戰爭其實始於家庭的晚餐桌上。阿拉伯是部落民族，部落的特點之一就是尊長為上，以領導人為馬首。一個意氣風發的領導人勝過古蘭經文、道德標準或苦口婆心。有這種『瞻仰』習性的部族通常看不起懦夫、弱者，而不視死如歸往往是他們對弱者的定義，所以，只要以色列有退讓或勢弱的蛛絲馬跡，他們不認為可以談判，反而是可以趁勝追擊的時候。」

說了好些，啜了口茶，才知道，涼了。

「妳的說法，也許可以套用在去年和真主黨的衝突。以色列從零開始，到今天的規模，建國才只將近六十年，幾乎沒有安穩的一天，人均卻可以衝到二萬美元。可是現在Olmert領導的閣員，無官不貪，Nasrallah大概就看準了這一點，認為以色列已經被腐化打敗，才敢這麼輕舉妄動。他曾經表示，以色列遠看像一個不能穿透的蜘蛛網，近看就知道這網是很容易摧毀的。他是因為以色列不交出真主黨人質，談判無效，才在一個早上的時間，連續發射火箭彈、殺了八個士兵、擄走二個。結果，換來以色列把黎南炸爛了。事後他不是說，早知以色列會有這麼大的反擊，就會有不同的考慮。」

「你長住特拉維夫比較清楚他們的內政。我從外面看，Nasrallah大概把Sharon撤出迦薩看成是綠燈訊號。」

「所以Olmert的痛擊是把綠燈轉回紅色。不過，他這次的確太急躁了，事出才幾個小時，內閣也根本還沒討論，他就先斬後奏。如果Sharon不是躺在醫院裡，可能會有不同的做法。六日戰爭時，他和Dayan同進出，加上其他的戰役，他知道戰爭是怎麼回事。」

「Olmert當時在策略上似乎舉棋不定。」

「哇，那時候國會大吵，所有罵人的字眼滿天飛。有人說，六年前以色列不應該從一九八二年佔領的黎南邊境單面撤軍，而讓真主黨有機會挖地道、築防空壕。有意思的是，也有阿拉伯裔的以色列人認為，如果以色列部隊已退回國境內卻仍遭到攻擊，以色列當然有權利自衛。軍方要發動地面攻擊，Olmert先是怕會損失太多以軍，而且美國要他到紐約以聯合國決議解決，德國也呼籲要忍著點，他就猶豫了。後來雖允許進攻，卻遭到一開始就反戰的Peace Now大示威，他們布條一拉開：War is Terrorism with a Bigger Budget，幾乎把Olmert和恐怖份子相提並論，認為他發動了一場沒有必要的戰爭。而主戰的，則說他沒貫徹到底。Olmert那時候的確很難下決定。」

「這次是以色列和阿拉伯國家最長一次的戰鬥，可是，既沒能讓真主黨繳械，也沒救回兩名人質。看來真要被阿拉伯人笑成是病貓了。」

發覺H根本還沒機會啜上一口酒。我指了指他的杯子，他卻搖搖手繼續說。

「以色列的情報系統是一流的，可是二〇〇〇年開始第二次巴勒斯坦人的石頭革命（Intifada）以後，自殺炸彈陸續在以色列各處流竄；加上撤出迦薩行動、因應Sharon突然病倒的臨時選舉，以及哈瑪斯在巴勒斯坦國會的選舉勝利等等一連串事件，讓以色列政府無法分心去注意情報單位提供的訊息。」

「他們的國防軍IDF（Israel Defense Forces）屬於最強大、最有經驗、最現代化、最成功的軍隊之一，卻也有像現在千夫所指的『超比例的暴力』。」

我想到一些媒體對以色列的譴責。

「真主黨在過去幾年裡累積了一萬多支火箭彈，在責備以色列反應過度之前，必須先了解，真主黨已經具備讓以色列全境寸草不生的能力。」

「所以他們不是打保衛戰，而是預防戰，必須先發制人，而且不能輸，一輸就滅亡。」

「的確是。他們有十八萬常備軍，必要時，可在數小時內集結六十三萬，而且隨時有最壞的打算。一九六七年六日戰爭時，敘利亞、約旦和埃及聯合包抄。以色列人先祝聖特拉維夫各個市立公園準備埋屍，他們眼看自己就要遭受第二次大屠殺。而一九七三年埃及與敘利亞的南北夾攻，拜六日戰爭所佔領的西奈半島和戈蘭高地之賜，否則大概無法倖免被滅的命運。不過，六日戰爭也是整個巴以衝突的導火線。」

「哈瑪斯以一連串自殺案回應一九九三年的奧斯路協定，以色列死了幾百人，他們的反擊就很可怕了，要了巴勒斯坦幾千條人命。」

「其實哈瑪斯內部也有主張承認以色列的，像我採訪過他們的領導人之一 Hassan Jussef就是。這人曾經是以色列的人質，待過不同的監獄。他說，就是這種監獄經驗讓他覺得以色列人也是人，還說，『接觸可以改變人的想法』。」

旋風般進來一群笑鬧的年輕人，就在我們的隔桌坐下。音樂主動大聲起來。

「現在正是夜生活開始的時間。」H說。

「近九點？」

「別忘了，妳在以色列。」

「昨晚必須留在家的，今天終於可以出動了。」

H笑著搖頭，說：「沒有這回事。他們早習慣了，只要警報一解除，一切立刻恢復正常。威脅隨時有，生活還是要過。像我住處附近，有次炸彈就在路邊，有人叼著煙，走走看看。炸彈清除後，就像什麼都沒發生過一樣。妳回頭看看那個柱子。」

我望向左後方，一根木柱上綁著一把金色小吉他，吉他下是個字牌，在昏暗的照明下只映出慘淡的光輝。

「這裡是三年前爆炸案的現場，一名歌手被當場炸死，那吉他就是為了紀念他。事情發生後幾個小時，這裡就又恢復營業，照樣來一群人。」

現在H終於有機會喝他的酒了。

「你覺得呢？如果不談政治，你喜歡在以色列生活？」

「這裡太生動、太有趣了。就在特拉維夫，他們打算開闢更大範圍的海灘，啤酒加上地中海的陽光與海水，在夏天就連晚上也可以瘋個夠。」

「這個國家的未來呢？」我問。

「看不到。」

必須趕九點的火車，回北部還需要一段時間。H陪我招來一輛計程車，匆匆道別。下回記得聽聽他怎麼去看巴勒斯坦人如何在沒有任何審判程序下，槍殺自己所認為與以色列串通的叛徒。

安檢。衝向圓弧階梯，奔往火車站。剛到達第二月台，火車進站，終於趕上了。對面坐個有著很長頭髮的女人。

「這車到Mozkin？」我問。

她搖搖頭，「到Haifa，不過，妳可以從那裡轉車。」

知道會迷路，卻不曾計劃要搭錯車。這，只是個開始。後來是什麼人告知要下車的中站，原來是錯的，我只好又轉車，在舒適的車廂裡累累地經驗這四通八達的火車路線。腦子卻不願停歇。

薩依德（Edward Said），這個將以色列批評得體無完膚的巴勒斯坦裔美國學者是怎麼說的：「了解以色列受到大屠殺的影響有多大，對以色列的政策洞悉就有多深。如果我們不承認施壓者所受到的苦難，世人又如何能承認我們阿拉伯人的苦難。」

主張將以色列從地圖上抹去的伊朗總統Ahmadinejad，絕對聽不進薩依德這句話。而這個波斯人又何必在阿拉伯與猶太之間硬插上一腳？

某些穆斯林認為大屠殺不曾存在；他們不相信，一個對巴勒斯坦人無所不用其極的民族，會是歷史上的受害者！誰膽敢談及大屠殺了，立即被看成是奴顏婢膝的西方走狗，或被猶太收買的叛徒。那麼他們又該如何看待二戰時約四百名為法國打仗，也被送入集中營的阿拉伯人呢？欠缺的教育助長了狹隘的視野，讓多少阿拉伯人只看到自己的歷史，或只看到巴勒斯坦的歷史。他們把巴勒斯坦推向前線成為阿拉伯世界的發言人，以對抗代表西方的以色列。巴勒斯坦為阿拉伯的落後與窮困出聲，那麼杜拜點石成金的奢華，為何就可以不顯自明呢？拒絕改革的阿拉伯政客高舉巴勒斯坦尚未建國為擋箭牌，把以色列的威脅利用成對內施壓的藉口。真主黨電視台裡，披著白色長頭巾的長者，正對著衣著典雅的幼童講述烈士如何為先知犧牲。哈馬斯電視台裡，一名頭髮梳得服貼的脂粉男人，要求一對母親因自殺攻擊而成烈女的姐弟，背誦讚揚犧牲的短詩。穆罕默德時代，通姦的婦女被垂直半埋在土裡，讓人以石塊砸死。現在伊朗的某些地方則把這等「犯錯」的女人捲裹起來，以特定尺寸規格的石頭擊斃。那麼和她通姦的男人呢？

思緒飄渺，慵了，罷了。走出車站，當然不見G。人群散去。夜裡的時間和自己的影子一起慢爬。手機響起，簡訊問：妳在哪裡？簡訊答：我到了。妳到了哪裡？確定是Kiriat Haim？不，是Kiriat Mozkin。留在那裡，我來接妳。二十分鐘後，那人來了。車裡有他的狗。G當然要問我為何下錯站，我只願把Bony的頭扶在我臉頰摩挲。它是第一隻有能力引誘我也想養狗的狗。

「妳好嗎？」

「可以。」

「買什麼東西了？」

「沒。」

「吃了嗎？」

「沒。」

「妳今天做什麼了？」

「走路、說話。」

「和記者談了？」

「嗯。」

「談些什麼？」

「我累了。」

＊　＊　＊

大巴士在平穩的公路上飛馳。怎麼只有在懶得有心事時，風才變得強，太陽也變得大了。G拿出MP3，把一個小耳機塞進自己的耳朵，把另一個分給我。外蒙的兒歌。

「你的手機不能下載音樂？」

「手機是用來講話的。」

東耶路撒冷。分不出是冬陽、春陽照得一身暖和。一雙長腿竟然能把路走得那麼慢，這人多愜意呀。大通衢上似乎只有傳統猶太教徒及觀光客。全世界戴黑高帽，除了長髯之外，兩邊還垂下鬢髮，穿著黑外套的男人，大概全集中在這兒了。據說耶路撒冷有二十萬以上的傳統猶太教徒，極為團結，憑著集體抵制的力量，就連以色列航空公司El Al都要畏懼三分。約百分之八十四的傳統教徒仍因大屠殺而對德國抱持敵意。在以色列苦於無法追趕境內阿拉伯人的生育率時，多子多孫的傳統猶太家庭，或許是股平衡的力量。偏偏其中有許多不承認自己的政府、自己的國家，認為，猶太是選民，建國必須是透過雅威之手，而非來自武力。

「妳看，這種事只有在耶路撒冷才有。」G指著電線桿上的希伯來文告示唸到：「我揀到一個耳環，請來電。如果敘述正確，當立即奉還。」

「有次我在瑞士法語區停車，和朋友出了餐廳後，發覺擋風玻璃上有張紙條，說是碰了我的車，如需修整，可以給對方電話。」

我說了自己有關誠實的經歷。

「這裡也是啊。」G說得好不得意。

「是因為保險公司付錢吧。」

我就是誠實人類的懷疑論者。

來到傳統市場。信步漫遊。然後就在幾個美國觀光客身後排隊等喝味美的甜果汁。窄路兩邊是看不盡的豐潤蔬果，比起在特拉維夫看到的更加奪目。拐進一家調味料專賣店，才知道上天所給兩個眼睛、一個鼻子的配置並不一定正確。多聞人間美味，比被逼看殘酷與愚昧更加幸福。五穀雜糧配上不同調味草，一盆盆可以試吃的、地長的珍饈，全是犯罪的引誘。

「吃豆子和飯好嗎？」

G親切地問，我愉快地點頭；只是不懂，站在門前的老先生為何拿著洋蔥大口地咬還不住地走來走去。這家小吃店有些什麼，不用我費神，那人明白我。邊吃邊看MTV，影片裡沒有蛇來蛇去的女人，我竟然把些小暴力看出了神。

「妳不吃了嗎？」

每一餐G照例問。我不在意地點頭。他二話不說，把我剩一大半的豆子飯全掃到他的盤子裡。

問路時，我注意到那女兵望著G的神情，讓人有些心慌。

「猜猜右邊這個建築物是什麼。」

厚重的象牙白巨石砌成的大樓，窗子應該開在另一邊吧。

「Olmert在這兒辦公。」我說。

G笑著搖頭，「Condoleezza Rice來的時候都是住這裡。耶路撒冷的超級飯店。」

再往前走。左斜方正施工，一幢像是被剝了皮的房子表面寫滿了號碼，想來是在什麼地方拆卸前先做了記號，運到這兒後，才依編號恢復原狀吧。

聖殿山

「再猜猜下面是什麼地區。」

順著他手指方向看去，延著公路往下，可通到一大片蓊鬱的林子。

「森林實驗地。」我說。

G卻笑彎了腰。誰曰不可？耶路撒冷給人白色城堡蓋在禿山上的印象，多些翠綠，可不就是進步思想？

「那是有錢退休美國佬的專區，完全歐洲規格。」

「別說得那麼酸，至少他們還有心思想要離老天近一些。人文信仰呀。」

「是人文信仰還是門面裝飾？妳怎麼想是過不了我這一關的。」G說得那麼賭定。

朝聖殿山的方向前進。不去亞伯拉罕祭子的地方，也不想知道穆罕默德升天之處，繞了彎巷曲弄，腳下是堅實的石板塊，心裡沒有過多的包袱，就讓歷史來與我會面。

無數的小店面，看不出生活好壞，倒是觀光客不缺。「在這裡，開口說英語就行」，G至少告訴我三次。那些頭包長綿巾，身上披披掛掛，腳蹬運動鞋，聲音有些沙啞的年輕美國女人，也自然不會放過耶城。才剛開年哪，等到旅遊季一到，運動鞋可就要變赤腳。過兩年捷運完成，更多的腳就來了。

走兩步是某個聖經協會，過三街是什麼宗教研究中心。耶城上空旋繞無數幽靈，撒下擄人心神的紗縵，被網住了的靈魂便要堅持以穿透時空的神秘故事裝扮市街牆垣。石牆圍著石山，石山創造了石牆，多少征戰流血也染紅不了耶路撒冷舊城的白色傲慢。猶太與伊斯蘭，千年宿敵，不讓出一公釐土地的兩批對峙人馬，怎容得了聯合國將耶城交由國際共管的提議？這兒，巴比倫的巨石堆砌在亞述的地基上，波斯人來了，也不忘改個門、換個窗，而拆人聖殿的羅馬怎麼會不亡？還有，沒人規定在亞美尼亞區近旁，不可以有個黎巴嫩飯館。國際媒體中心建築裡藏了個世界最大的情境模擬設備，高傳真視訊邀人搭乘飛車，以落石速度撞進時光隧道。二十分鐘便渡過了三千年歲月。頭髮來不及變白，又要重生。那些疲累的十字軍和喜愛騎馬打仗的奧斯曼蘇丹，到頭來不也全成了爛泥腐葉。所有的哀號嘶喊，全化成了在耳際爭吵的風。

然後我們來到了哭牆。怎麼比我預期的平靜？才只有一部警車以及像似觀光旅遊的三兩士兵。

就在數天前仍有相當的衝突，緩和下來的情勢不利於國際媒體產業，卻可以讓人稍微放寬心。聖殿山區有兩個入口，穆斯林那邊的狹窄巷弄是前往al-Aksa清真寺的通道，我們所在這一邊則是猶太人與觀光客上山的斜坡（Mughrabi Ramp）。斜坡就在哭牆的右側，和al-Aksa仍有相當一段距離。三年前一場大雨沖壞了這個入口，耶城以色列管理中心造了一道木橋應急。最近衝突的事端就在於，以色列打算以石橋代替臨時木橋而以挖土機動工時，激進穆斯林謠傳這一工程蓄意破壞al-Aksa的地基而引起。從現場看來，若要真有差池，應該是哭牆會先遭殃吧。經過幾次肢體衝突後，以色列古蹟管理局在施工地安裝攝影機，任何人均可透過網路了解工程進度及情況。

「想不想塞張紙條在哭牆裡？」G捉弄我。

猶太人的哭牆

「已經透過電子郵件請管理局塞了至少十張。」看我一臉嚴肅，他倒是迷糊了。顯然他還不知道這項新措施。我當然只是逗人而不被人逗的。

夜晚了。轉車後又轉車。那個不時要應付我胡怪問題的人正不安穩地睡著。回想方才耶城的歐風餐廳，食物好，服務好，卻總是缺了什麼。後來走在路燈昏暗的靜路才恍然大悟，原來餐廳裡少了燭光。不知不覺間，把西歐的習慣搬移到了中東，總不好說。原來我們和G的朋友相約在餐廳。兩個一年多不見的男人高興得久久相擁，讓我想起在喀布爾機場看過搭肩牽手的大鬍子男人；也想到，在戰場上，以色列不允許自己人落入對方手裡，就連戰死，弟兄們也要儘量把屍體搬回來。有一次以色列在迦薩巡邏的軍車撞上巴勒斯坦人預埋的炸彈，有六個人被炸得屍體紛飛，同袍冒著來自各方子彈掃射的危險，在沙地上、屋頂上硬是把屍塊撿回來。而他們在對付哈瑪斯成員的手段，是包括可以將人臉搗得模糊稀爛的。

聖地當然也有月光，只是在車裡見不著。

人說，要有安定的社會才能吸引外資，以色列卻顛覆這黃金定律，創造一個現代神奇。這是個生存在烽火線上的國家，卻有高科技跨國企業的大量投資。究竟是什麼力量能夠引得大飛蛾撲向隨時燃著火焰的小鐵爐？有人說，因為以色列什麼都沒有，除了往前，沒有退路，誓死為上策。也有人說，因為絕大部份十八歲的以色列人必須接受軍事訓練，擔負責任，熟習科技器械，甚至飛行戰鬥機，在戰爭環境下監督專案，或執行緊急任務，比起其他國家忙戀愛、忙出國的同齡青年，以色列孩子成熟許多。而使得，當印度和中國成為全球製造中心的時候，以色列已經是企業集團研發委外的目的地。忘了是什麼時候得到的消息，以色列每一萬人中就有一百四十名受過高等教育的科學家和工程師，這比例是美國和日本的兩倍。Keret不就說，以色列不要秀才，只要武將？這樣一個缺少明天的國家，被沒有法治政體、沒有市場機制、沒有政教分離的阿拉伯世界包圍，所受到難以令人想像的恐懼壓力，是否可以支持「為了自衛與反擊往往肆無忌憚、不擇手段」？以色列的國家悲劇，不就在必須依照對手的動向而不時調整，以求生存？

＊　＊　＊

G拿兩杯茶，頭一偏，示意我跟著他到後院去。有某些時刻，希望它久留、停頓。比方在清冷的空氣中，和某一個人，坐在和煦的陽光下喝茉莉花茶。鳥兒還沒來。Bony無聊地四處兜轉。

「壞消息。」G說。

我心想，沒聽到爆炸聲，不用跑防空掩體，只要不是預期的壞就不算太壞。

「罷工，妳不能搭火車去機場。」

「怎麼辦？」

「妳還有我，我還有車啊！」

近中午的公路上，車輛不多。這次地中海搬到了右手邊，藍湛湛地，看得人發痴。

「妳……」

稀奇，這人也有欲言又止的時候。

「我在聽著。」

又是一小段停頓。

「妳，什麼時候再來？」

他到底是說了。

「怎麼確定有下次？你不是應該先問，我會不會再來？」

好長的一段沉默。我是不是不禮貌了？而這個不禮貌是蓄意壓抑那將發未發的事件？

「和巴勒斯坦的衝突，全世界都責怪以色列，在剛果的問題上，有誰選邊站了？阿拉伯國家不願解決他們的困境，只是方便地突顯巴以問題，如此才有一個誣賴的對象，才有一個遮掩自己不如人的煙幕。為了能對自己在世上的次級地位找理由，伊斯蘭需要一個可以責怪的標的物，一個可以推委責任的替死鬼，而這個代替品，伊斯蘭不費吹灰之力就在猶太人身上找到了。」

辯護？

G突然改變話題，聽得出來，他有些惱怒。是因為我可能不再來，而急著為他自己、為以色列

「聽說有百分之五十九的歐洲人認為以色列是世界和平最大的威脅。歐洲傳統的反美情緒，移轉成對以色列的道德教育。」

我知道自己有能力把心裡的那個問題壓下而順著他的語意說話。

「歐洲左派有個簡單的思想模式：壓迫者對受壓迫者，富有對貧窮。左派思維沒有容納宗教元素的空間，缺乏理論分析宗教的工具。他們以社會經濟學的眼光來看問題，以為貧窮消失了，所有紛亂會自動結束，把對資本主義的痛恨移植到美國和以色列身上。人人同情弱者，可是要先問，弱者為什麼弱。甚至有人認為，只要巴勒斯坦的問題解決了，整個中東就解放了，每個埃及農民會高興得手舞足蹈，每個沙烏地阿拉伯的失業者可以大口呼吸，中東立刻成了地上的天堂！」

不懂G為什麼能邊開車，邊談這麼嚴肅的問題。

「人類需要敵人。」我簡短回應。

「問題是，伊斯蘭世界的敵人必須是反映他們內部難題的平台，以色列就是他們『阿拉伯自

身困境』的解釋。為什麼有貧窮、為什麼民主不來、為什麼腐敗叢生，以色列的存在，提供了這些『為什麼』現成的答案。老天，還好有以色列，還好不是他們自己無能，還好有一個以色列在中東存在的事實！」

G是不高興了。從未看過他這麼說話。

「你的意思是，伊斯蘭自尊受損，所以無所不用其極，出沒無形的自殺炸彈就是困獸反擊？而歐洲忽略宗教因素，所以看不透中東的問題？」我說。

「還有，面對複雜的紛爭，最方便的當然是把世界切割成好壞兩半。目前是，除了美國和以色列之外，其他都是好人。許多人在美國金援以色列的議題上大作文章，可是有誰提到，阿拉伯和歐盟每年向巴勒斯坦輸入多少？還有，人人說，以色列是美國在中東的代理人，可是有誰提到，猶太人逃到世界各國的比例？光是紐約的猶太人就有以色列人口的十分之一！這麼多人發出同一個聲音，當然意見就顯得特別集中了。還有，歐洲有兩次大戰的經驗，歐盟的誕生就是歐洲反戰心態的具體呈現之一，美國本土沒經驗過戰亂，他們的理想主義相對於歐洲從殖民主義演化而來的『贖罪的負擔』，不也是美國支持以色列自衛的潛在因素？還有，伊斯蘭認為，有一種魔鬼勢力讓穆斯林不能是最富有的人，讓伊斯蘭律法不能通行全世界。大魔鬼是美國，小魔鬼是以色列。偏偏最能代表伊斯蘭驕傲的沙烏地阿拉伯又和大魔鬼同盟，現在更提出要承認小魔鬼的合法國家地位，這種伊斯蘭的精神分裂必須由他們自己解決。」

我腦中迅速掠過曾在英國報紙刊出二〇〇三年的最佳政治漫畫，那是Sharon吞了一個巴勒斯坦小孩。心裡正想著G的腦海裡到底存在著幾個「還有」時，便聽到自己說：「另外有個『分裂』現象。曾經有個哈瑪斯份子，在拿著槍桿為建國而努力之後，卻在一個難得的機會裡到美國唸書去了。伊斯蘭激進份子詛咒西方，卻又是第一個奔向西方懷抱的。應該沒人聽過有巴勒斯坦人願意移民到索馬利亞的吧。這些人在西方享受法治國家的人權保護，享受遭受他們鄙視政權所提供的種種好處。就以在米蘭的Osama Nasser神長為例，他不只為自己被逮提出控告，還要求兩千萬歐元的賠償。如果他在老家約旦，整件事情的發展就完全不一樣了……」

G的右手突然離開方向盤而緊緊握住我的左手，打斷我的話。他溫熱的手心讓我慌亂得不知所措。是為了感激我對他的了解？

是有一個意念的。我一時一時地數，一天一天地算，就想，要等到什麼時候終於可以把這意念放棄。渴望立刻就站在未來的那個時間點回頭看現在，而想像不出為何自己的這個時候曾經這般那樣。

機場到了。我沒直接回答G的問題，只輕輕地說：「下回我去西岸，你來不來？」

在舞廳裡唱輓歌的人

以為像上次那般，在特拉維夫國際機場過海關時會被擋下來。這回卻能順利通過，如入無人之境。預期和事實不符，竟讓人感到有些失落。哪知道，搭計程車到國內線機場後，才真正是災難的開始。

春天的特拉維夫，陽光迷人地亮著。路旁花開草長的可厭度減半，因為不需要我親自料理。堅持不讓那人來接機，我要專心工作。

Sde Dov，我打算在此換搭小飛機到南部沙漠。檢查行李的X光機就設在建築物的前廊。旅行箱、背包、鞋子都已通過了，護照也在一個女兵手上，我卻被攔了下來。拿儀器從身體劃過，我不反對，可是不應該在尚未走過感應門之前，也不應該在毫無遮攔的走廊上、在眾目睽睽之下。放行之後，進了大廳，一名臉上綴滿小雀斑的年輕女兵開始盤問，我是否自己整理行李？是否有人給我東西轉交？從事什麼工作？從哪裡來？停留多久？會到以色列哪些地方？……之後，她把探知的「情報」轉述給上司——一名高壯的安檢女士。這人走向我，除了重複小女兵的問話之外，還繼續說：「妳來以色列做什麼？」

「到處看看。」

「妳的工作？」

「我寫東西。」

「寫什麼？」

「除了戲劇外，差不多什麼都寫。」

「發表嗎？」

「當然。」

「為什麼單獨來？為什麼不和朋友或團體一起來？」

「因為我喜歡自己旅行。」

「為什麼到Eilat？」

「朋友請我去。」

「妳的朋友叫什麼名字？」

「她也是台灣人，她的名字對妳沒什麼意義。」

「妳怎麼認識她？」

「她是我的讀者。」

「妳們熟識？」

「沒見過，只有電子郵件往返。」

「都是這樣的嗎？讀者邀請作家，作家去拜訪讀者？」

「我不知道別人怎麼做，我的情形就是如此。」

本以為事情就此結束，高壯的女人卻拉著我的行李，說：「請跟我來。」

那是在對街的一間小屋子。四周安靜，路上沒車。鑰匙打開門，前面、右邊掛著從天花板垂直到地的深藍色厚重布幔，左邊是一張桌子、一張椅子，所剩的空間只夠三個人站立。我的行李被放上桌，推到布幔後，立刻響起機器的聲音。雀斑女兵來了，她拿走廊上檢查過我的儀器再從我身上劃過一遍之後，我必須拿下髮夾，必須脫下鞋子，必須去掉胸罩。女兵戴上塑膠手套，開始從我的頭頂檢查起，觸摸我每一寸肌膚。我的每一根神經都覺得她懷疑我的每一根毛髮，實在厭惡到了極點，心想，如果必須脫去衣服，我準備大叫：「聽著，我的行李中藏著炸彈，帶我去妳們的總部吧！」

布幔後的機器聲不斷，不知道簡單的兩件行李有什麼值得看。走廊女兵和她的上司來了，一起消失在布幔後。她們討論了一陣，抬出已打開了的旅行箱，把裡面的每一件物品放進無蓋的硬塑膠箱中，再推向布幔後的輸送帶，就連已掏空了的旅行箱也必須再度過關。高大的女人對我說：

「請妳坐下。」

「我背痛，喜歡站著。」

「妳必須坐下。」

這人不惱、不笑、不怒，似乎是個六親不認的機器人。多成功的安檢訓練！我不認為她會對任何威脅利誘動容。

「妳為什麼懷疑我？」

「妳不是唯一的一個。」

「如果妳們的檢查耽誤我上機的時間，誰負責？」

「我不知道。我們只管檢查。」

小屋子裡只剩我和布幔後面的人。冷氣開著，唯一的門也開著。機器聲停了，卻聽到螺絲掉在桌上的聲音。我打算一探究竟。先踱到門口，左右張望，確定屋外沒人了，便從布幔和門之間的空隙偷看。天！掌上形錄音機和六片小錄音帶全攤在桌上。更可怕的是，平日和我形影不離的電子字典竟然被拆得四分五裂！我頹然地坐回椅子，感到非常疲倦，擔心的不只是字典，錯過了班機怎麼辦？

高大的女人和女兵回來了，抬出我的東西，要我自己裝箱。

「全部要裝入大行李箱裡，背包裡只能有護照和機票。」女人命令著。

「不可能！」我大叫，「行李箱塞不進所有的東西！」

「背包裡只能有護照和機票。」

她不急不徐地重複說了一遍，頭也不回地走了。

我必須服從嗎？當然。另一個女兵還在啊！

她們扣留了我的電子字典，說是回程時可以還來。

候機室不大，所有座位全佔滿了，還有聊天的男人和亂跑的小孩。我立在角落裡看人，了無思緒。懨懨地，怎麼一股奇怪的感覺上身，覺得自己回到多年前去過的斯里蘭卡……然後，由於護照在女兵手中，所以必須跟著走的情況下，我擁有特權地不需排隊等辦登機手續，也不需排隊等上接駁車，便直接登入了南行的小飛機。

當身在一個陽光照耀得透明的小機艙時，人便有了自己是鳥的感覺。以為人在走道上震動出的空氣是吹得起勁的風，以為孩子的吵鬧聲是雲們的對話。由於飛機不高飛，偏頭下望便是漫漫大漠，我卻無心欣賞，只是不懂，那些極端保守的猶太教徒面對開低衣領露出半截酥胸的空姐時，視線要往哪兒擺？還是他們只死守耶路撒冷不南下？

＊　＊　＊

終於來到了F公社。公社？是共產黨人民公社定義下的公社？也是，也不是。

西元七〇年，羅馬人將猶太人驅離巴勒斯坦地之後，部份猶太人便靠著公社形態的凝聚力量，維持兩千年不墜的傳統，令人厭惡也令人佩服。想來，共有、共享的公社生活，應該為猶太裔的馬克思提供了過去一個世紀來顛覆人類歷史共產主義的思考泉源。

約好了，江華八點過後來客房接我去吃早餐。她騎腳踏車，戴了頂大帽子，穿著長袖衫。是啊，沙漠裡的太陽沒其他事做，專咬人。花木扶疏，小徑蜿蜒，半個世紀的建設，F公社真是個奇蹟。無盡黃土圍繞著一個巨大的綠地，充沛的地下水提供六百多人生活所需的基礎。我們走著、聊著，一路乾淨整潔怡人，彷彿置身公園。

餐廳在公社行政中心的二樓，偌大的廳堂裡卻只有幾十個人用餐。除了各式麵包、奶油、果醬及咖啡、茶、巧克力等飲料之外，還有生鮮蔬菜。綠葉菜一片片剝好、洗好，洋蔥一顆顆剝好、洗好，紅蘿蔔一根根洗好、擺好……我在盤子上丟了兩片麵包、抓了兩大片葉子，四下望望，小鹽瓶不就站在桌子上。

「不知怎麼的，自願生都集中在前面兩張桌子。」江華看著前方說。

「哪兒來的？」

「各地都有。來住幾個月，體驗生活也順便工作。還有，衣索比亞猶太人大量移回以色列是八〇年代左右，他們生最多小孩，導致經濟也相對弱勢，這些人的第二代絕大多數都只是唸完義務教育。我們公社跟政府合作，提供工作和教育機會，幫助衣索比亞猶太人的第二代在以色列生根。」

「在公社裡的人做些什麼？」

「多著哩。在田地、實驗場、修理場、奶品製造場、洗衣房、餐廳、幼稚園、雜貨店……這裡好比是外面一般社會的縮影，差別就在某些私人家事集中處理，比如，我們三餐就在這裡解決，衣服註明編號後全拿到洗衣房待洗。」

「想吃自己喜歡的食物時，怎麼辦？」我好奇地問。

「自己煮啊，家家都有自己的廚房。」

我們慢慢踱回江華的家。兩層樓的房子就座落在一個小斜坡上，以台灣的標準，應算是花園洋房吧。開了門，偌大的空間，據說是剛修建，四面白淨，挑高的天花板讓客廳寬闊起來。我們聊呀聊，有什麼比窩在冷氣室裡，賴在沙發上談天更愉快？江華的丈夫是以色列人，自小在公社裡長大，現在是奶品製造場裡的電腦機械工程師。嫁到此地的她，也自願成為會員，自選工作，參與勞動。

「這房子蓋得真好，站在進門前的一大塊空間上遠眺正前方就是一座座荒山，山的輪廓邊似乎濛上一層霧氣，山的本身就像是一張貼在天空的圖片。記得零下二十三度的烏蘭巴托也有這般的山景、山樣，當時冷得發慌哪，總覺得那山是相館裡的背景圖，只要換一張，世界就要不一樣了。」

江華微笑著看我敘述，說：「我們剛換房子不久。」

「換房子？」

「沒小孩的人住小房，有小孩的人住大房。娃娃已經兩歲多，現在我又懷上了，當然搬到這兒來。」

我心想，房子的規模隨著人生經驗增減，所以人死房空，住處又還給公社，讓其他的什麼人住去。公社裡六百多個不同年齡的人都可以說：「這社區裡的一切都是我們的，也都不是我們的」，就看怎麼定義「我們」，就看從什麼角度切入。

「連被看成是財富之母的不動產都可以這麼分著用，真正落實共有、共享的理念，好神奇！賺的錢怎麼分呢？我可以提這個問題嗎？」

「我們不賺錢，只領零用金。不論工作性質、時間，也不論性別、年齡，每個人都拿一樣多的零用金。」

「多少呢？我可以知道嗎？」

「每人每年十多萬台幣。可買些盥洗用品、寢具、傢俱什麼的……，看個別需要。」

「旅行花大錢時怎麼辦？」

「會有補助。公社採會員制，會員如果有家屬在國外，每年可集兩個點，集滿四點可以有一張來回機票。」

「妳已經是會員，算是以色列公民，卻不是猶太人，對嗎？」

「沒錯。結婚五年後才能拿到以色列護照。就像妳知道的，以色列公民並不一定是猶太人，比方我女兒就不是，因為他們對猶太人的認定是以母親的血統為標準。另一個規定是，只要父母其中一方是以色列公民，自己也在以色列出生，就是以色列公民。」

「婚禮呢？以色列境內只承認宗教婚姻，不是嗎？」

「公社當然是左派思想，和宗教沾不上邊，我當初是在塞浦路斯結婚。已經有效的婚姻拿回這裡，政府就必須承認，否則違反國際法。現在以色列算是間接承認同性戀婚姻了，有些同性戀者到加拿大結婚後回國，政府就必須承認他們的婚姻有效，也是基於這個道理。」

「怎麼成為會員呢？」

「很麻煩。通常他們較歡迎一整個家庭加入。會員可以隨時來，隨時走。公社採共議制，有不同的委員會。想成為會員必須和『候選人委員會』談，交代自己的背景及意願，經過心理、智商測驗、面談等等的。我的情況較特殊，不但是單獨一人申請，也不能完全回答問卷上的問題。這些問卷有希伯來文、西班牙文、俄文、英文，我只能拿專為美國猶太人設計的英文題，卻沒辦法把林肯和華盛頓的背景或其他的歷史事件交代清楚。」

「怎麼辦呢？」

「沒關係啊，這些程序最主要的用意，是要了解申請入會者的價值觀是否能相融於公社的要求、個人是否能配合公社的特殊生活形態而已，又不是學校的考試。問卷調查後就必須由全體會員表決，只要有二分之一投票同意，就可以成為預備會員，接下來有二年的觀察、磨合期，這段時間內，預備會員的權利、義務和正式會員相同。二年後如果得到三分之二會員投票同意，就可成為正式會員。」

「也有在觀察期間內不合規定而被『驅逐出境』的嗎？」

「有啊。公社是個大家庭，必須能管得住自己的嘴巴，也不能放縱小孩。」

「明白了。就像我們以前農業社會的家庭形態，就怕妯娌間的閒言閒語、三姑六婆。」

我開始想像自己是否有能力在公社的情境下生活，還是，一旦決定和某個人廝守了，其他的考慮便顯得多餘。

「所以妳可以說，我家的餐廳可以容納數百人，也可以說，我們有二十幾部車、幾百頭牛、望不盡的實驗田地，有行銷全以色列也連帶出口的奶製品……而事實上是，生不帶來，死不帶去，真正的灑脫、滿足。」

江華聽著我的話，坐在那兒微微地笑著。

下午我們去公社周圍看看。

「昨天一部車，今天又換了一部，你一定很快能適應不同的車種、車型。」我這麼對江華的先生米奇說。他帶我去看怎麼取得公社車子的鑰匙。大概是行政大樓的走廊吧，壁上有個箱子，按了密碼，箱子的門開了，裡頭掛滿了車鑰匙。社區的車子可從網上預約，依照需要決定車體大小及取車時間。米奇也給我看了看電腦螢幕上各車的紀錄。

「適應車子不是問題，每次要把嬰兒座從一部車裡拆下、拿進屋，再從屋裡拿出來，裝在另一部車裡，才麻煩。如果嬰兒座卡在車裡拿不出來，加上天熱又趕時間時，那才可怕！」

米奇頭上頂著像是二次大戰時日軍所戴的遮陽帽，很實用，據說是在台灣買的。

「哇，我第一次看到這麼多乳牛在同一棚子下。」

「總不能像瑞士那般，放牛吃草啊。」江華笑著說。

右邊是開放式牛棚，左邊是數不盡裁壓成巨大長方形的乾草堆。米奇開車慢慢繞到加工廠、冷凍廠；怎麼想像，在沙漠中央有個知名的乳品廠！我當然要放縱自己，接受驚奇，比如這實驗農場。這麼乾旱的地方，連個水管也看不到。

「他們搜集各國的植物在這裡試種，找出哪個品種可以在以色列推廣。」

「在沙漠裡試種？」

「是採用一種滴水灌溉法。」江華解釋道。

「原是德國人的發明，以色列人加以運用發展。」米奇接著說。

「種植花蔬樹木時，同時埋下植入晶片的灌溉管子，這些放在靠近植物根部的管子有孔可以出水，然後以電腦偵測控制，依照植物的個別情況給水，所以每滴水都能完全被吸收。在地表大量灑水，大部份的水其實是被土地吸走了。」江華繼續解釋。

「這是逆向思考的又一個例子，不過得有技術支持才行。」我從另一角度附和著。

「左邊就是約旦。」米奇指指車窗外。

正當我在一大片站著什麼植物的土地上努力要看出何處是邊境時，他接著說：

「他們常有代表團過來和我們商討合作，只是這事不能張揚。」米奇輕鬆隨意地說著。

看米奇對待妻子、對待女兒的態度和方式，我曾向江華稱讚她有個沉穩而有耐心的丈夫。

「其實是人格夠不夠成熟而已。」江華說。

我和她倒是都同意，在台灣，真正成熟的男人並不多。

「可是他有種別人看不出來，他自己也不一定意識到的內在壓力。」江華說，「那是好幾年前的事了。有次在夜裡，他已經睡著，我越過他要拿東西，並沒碰觸到他的身體啊，他卻突然一把抓住我的手臂！」

「一種跨越時空的反射動作，任何靠近自己的物品都意味著潛在的危險，即使睡著了還是會有感應，隨時備戰，就像武俠小說裡武功高強的人物。」我似乎在給自己的猜測找解方。

「我先生的一位朋友也對我談過他自己的經驗。」江華繼續說，「妳知道，以色列的兵役制度學自瑞士。這朋友平常上下班，生活和一般人沒什麼差別，可是每年一次的服役期，有時他必須『直搗敵人』。那種撞開門，以槍管直對著驚惶的女人、小孩的情景，讓他感到一陣錯亂，情緒久久不能平復。」

「瑞士人服兵役大概就像個朋友們的年度大聚會，在以色列卻有時候可以是個不知道自己是誰的困窘時期。不同的國家，不同的遭遇，該怎麼說呢？」

他們不想在公社餐廳吃飯，那麼就去抓些蔬菜回家自己下麵吧。江華陪我聊天，看著娃娃玩，米奇就站在流理台前張羅晚餐，多和樂的一個小家庭。我總是當不慣「異物」，還好第二天一早就

離開，

回到客房。四周靜極了。白天已開始讓人感到暖熱的沙漠，到了夜晚又是多麼清涼。關掉冷氣，打開窗，上弦月貼在黝黑的高空，一邊一彎勾。回頭看到躺在地上的行李箱，原本已退息的怒氣，竟又悄悄爬上心頭，不知道第二天會有什麼樣的檢查等著我。

手機響起。

「好嗎？」那頭傳來熟悉的聲音。

「來不及在機場租手機。你別給我電話，roaming，貴得可以剝掉我一層皮。」

話一出，才覺得失言了。不怪自己，是電話裡的那個人寵出來的。

「費用歸我。妳好嗎？」

「不想再來了，你們欺負我。」

自頭至尾，我把在小機場遭遇的不愉快，一口氣說了殆盡。也不怪自己，是他勾引出我的脫辭；只是要沉得住氣，不能潰堤。G急得解釋又解釋，說，那是她們的工作，寧可無情得罪，也不能讓飛機在空中炸開了。有時候是因為檢查的機器不夠好、不夠靈敏……不是刻意，也沒有惡意……

「都了解，都懂，可是我不要別人碰我，不要！」

小飛機回到Sde Dov機場時，早已有十幾個旅客等在計程車招呼站上，卻不見車影。心想，大概是車子進入機場範圍之前都要受檢，司機沒有意願要來，還是另有原因。在這個國家，許多事情無法以一般常理做判斷。眼看就要錯過在耶路撒冷的新聞簡報時間，我開始嘀咕自己不願G幫忙的固執。好不容易看到一部白色朋馳載人進來，整個機場就這麼部會動的汽車，在其他招呼站的旅客似乎還不知道該怎麼辦時，我丟下行李，奔了過去。

「到不到耶路撒冷？」

司機點點頭。我跑回拉行李，上車，出發。過了檢查哨時才突然想起來，我大喊：「停車，我的電子字典還沒拿回來！」

＊　＊　＊

從特拉維夫到耶路撒冷，從以色列的第二大城到首都，從巴勒斯坦人口中「我們美麗富庶的雅法啊」到穆罕默德升天的聖城，是條美麗無比的高速公路；車流如水，行道樹多彩搖曳。不知怎麼回事，車子走走頓頓，終至完全停了下來。知道準時沒望，索性和司機聊開。

「你這車多大？」

「二千二。」

「剛買沒幾個月吧？」

「三週新。」

「可以知道多少錢嗎？」

「二十一萬斜克（約二百萬台幣）。」

「還好。」

「這是營業車價，自用車要五十五萬斜克。」

「你付現了？」

「當然，否則怎麼做生意？」

「現在沒人跑來把自己炸掉了？」

「這幾年平靜多了，不過 Quassam 還是天天飛過來。」

「你是指Ashkelon和Sderot？」

「你們外國人只看到迦薩那一邊，其實我們南部的人天天心驚膽跳。Quassam是不能操縱方向的，是針對一般民眾而來的……」

終於知道為什麼塞車了。車禍！一名裸著上半身的男子被夾在撞得稀爛的小黑車裡，一動也不動，臉部看不到。公路逐漸上行，遠遠就可看到象牙白的耶路撒冷挺立在山丘上。進入了市中心，人車混雜，道路窄小。數千年的古城，怎麼在蜿蜒裡尋找目標？後來是司機的衛星導航把我帶到了媒體中心。付錢時，司機多要了十五塊錢斜克。

「不是說好了嗎，怎麼現在要我多付？」

「妳回去拿字典時，我等了十五分鐘。」

折算一下，一分鐘九元台幣的代價。

遲到太久了，裡頭早已坐著十多位記者，我大剌剌地拖著行李輕輕走進去，主持人點頭微笑，示意我坐到第一排。

「……士兵當然可以拒絕長官不正義的命令……」一個頭上別著圓頂Kippa，留著小髯腮鬍的年輕軍官這麼說，「我的一位同袍就是現成的例子。他不執行長官違反正義的命令而離開，回來後並沒受到懲罰。大家認為他的決定正確，上司沒有理由強迫他必須完成錯誤的指示……」

近來迦薩走廊的哈瑪斯和以色列的媒體大戰已成了新興產業，網路就是最好的工具之一，目前哈瑪斯在英國平面媒體上似乎佔了優勢。台下的這些人應該是各國長駐以色列的中東特派員。以色列是中東唯一自由民主的國家，境內資訊流通，外國記者的行動較能自主；他們依個人的知識文化背景、性情、看待事務的角度與時機，以及到底接觸以色列左派或右派人物而定，所發佈的報導時不時會給所屬媒體國際版的主編帶來困擾或褒揚。

「……檢查站的糾紛我們都很清楚。有些人確實有急事，比如父親受傷、兄弟病危……在得到通行證之前必須過到這邊來，可是我們必須聽命行事，因為有太多、防不勝防藏著小型武器或爆炸物的例子，我們擔不起冒任何風險……」年輕軍官說。

接著是位女軍官發言。聽了這些內容，明白簡報已進入自由發問的階段。早已熟悉了的訊息，令人不能專注，令人乏。原想知道以色列國防軍如何整合來自一百多個不同文化背景的年輕士兵，怪自己錯過時間，再多的嘀咕也於事無補，只一心想著，如何前往約旦河西岸的以色列佔領地。

＊ ＊ ＊

下了計程車，迎面的是個陌生環境。司機聽錯目的地？檢查站在哪兒？不應該小得像老鼠洞吧？我完全不知所措。這是條整潔美麗的道路，從站立處眺望盡頭，除了彩花、綠樹以及旁邊靜悄悄的大建築，沒有任何移動的物品，沒有半點生命跡象。想要走走看看，太陽大，行囊重，能走多遠？也不知踟躕多久，只覺得就要煩躁起來，突然從遠處駛來一部小巴士，下來了三個男人，我趨前詢問怎麼去檢查站，其中一人示意我跟著走。

原來路邊沒有任何標示，看不出端倪的這棟建築就是檢查站。沿著牆走，進入房子，來到一個偌大的空間，看到兩個相距不遠的哨亭。亭子的三邊密閉，對著旋轉鐵條的那面是一大片玻璃，可以想見應該是防彈材質。左邊的哨亭外有兩三個阿拉伯男人在討論著什麼，亭內的士兵正忙著講電話。我踱到右邊去。排在前面的男人正是要我跟著他走的那位，他拿出一張紙攤貼在玻璃上，讓亭內的女兵看讀。她抬了抬下巴，男人轉過身去，熟練地把伸開的手掌放在一個感應器上，應該是掌紋符合記錄吧，他可以離開。輪到我了，只把手上的護照揚了揚，嘴裡嚼著口香糖，手指玩著長髮尾端的女兵便揮手要我通過。陸續過關的人都朝前不發一語地走著，那為我「帶路」的男人幾次回過頭來看我是否跟上。為什麼呢？我不禁起疑。

出了這棟建築必須沿著牆邊繼續前進。和牆平行的是一條寬約三公尺的走道，以堅實的粗鐵線高高圍起。走道中間也以鐵線隔出進入及離開建築的兩個分道。走道盡頭停了好幾部計程車。司機見我是陌生人，紛紛上前拉生意。那個為我帶路的阿拉伯男人看了看我，仍示意要我跟他走。難了！他是要為我解危，還是另有意圖？其中有個司機見我猶豫，湊過來小聲說：「不要相信任何人，一定不要相信任何人！」帶路的男人見我不跟上，便靜靜地走了。他一走，我立刻後悔。考慮的是，怎麼走出這重圍！爾文早已在電話裡說得清楚，檢查站離伯利恆的天主教醫院只有三百公尺。心想，走走就到。我堅決不搭車，問明了醫院位置，便頂著大太陽出發。

上坡、下行、左轉、右彎，就是看不到醫院的影子，問了路邊劃標線的工人，卻沒人聽懂英文。迷路了！我向自己宣佈。我呆站在路中央，不知如何是好。突然，某個房子轉角閃出一位女士，我抓住機會大聲問。她好心地指著遠處，說：「看到那部黃車嗎？就在那裡。」我就這麼又熱又累得像隻鬼似地拖著重物走，怕不整整一公里？那該死的澳地利人爾文，分明是給錯了訊息。

「噢，親愛的Sophie，實在對不起，的確是我想錯了。妳經過的那個檢查站的旁邊就是汽車檢查站，我住耶路撒冷，天天開車上班，過了汽車檢查站後確實三百公尺就到了。可是妳步行，必須繞一圈，從另一個方向進來。都怪我沒想得周到，妳能接受我的道歉、原諒我的疏忽嗎？」

爾文在兒童醫院的公關部門已工作了十三年，對伯利恆相當熟悉。早在出發一季前就請他代訂住宿，卻已經一房難求。

「伯利恆是耶穌誕生地，」爾文說，「每年的朝聖客一批批地來，大半年都是觀光旺季。」

上了他那部不怎麼乾淨的小車，爾文要帶我去一家由義大利修女主持的簡樸招待所。要獲得原諒便要付出代價。爾文一面在阿拉伯人居住的小街小巷穿梭，一方面為我這好發問的人介紹佔領區的現況，說真的，實在不容易。

午後的市集，有好些人，卻不擁擠。小小店面一家挨著一家，吃的、穿的、娛樂消遣用的，應該都不缺乏。此地交通自有一套規矩，站在路中央聊天的人必須等到慢行的車子快要碰觸到他們時，才蹣跚走開。大人們對車裡的兩個外國人不感興趣，小孩卻在車前，一面倒退著走，一面朝著我們扮鬼臉。好不容易來到該停車的地方，一個裝載建築廢棄物的大鋼槽卻佔去了小路大半個空間，更何況其他亂停的車輛。等到一部車開走了，爾文立刻搶著去插停。下了車，他堅持要為我拿行李。由大小石頭鋪成的路面，提著比拖著走方便。石階上、石階下，這人又愛說話，到了招待所門口，他已經上下氣不接了。

＊　＊　＊

合衣斜躺在大而厚實的雙人床上，看著白色天花板、白色牆壁、白色門、白色櫥櫃，甚至地板也是一色的白，處處一塵不染。回想起剛才為了找修女問明白招待所的起居時間與規則，才發現這是棟不尋常的建築。整個招待所呈圓筒形，階梯分段卻不盤旋。牆是象牙白石砌，樓梯由堅實的鐵格欄拼成。有時上了一段鐵梯，順勢便走到了小型禮堂。有時步下兩段樓梯，偏斜左望就是聖堂。有時不經意地瞥見圓拱形低矮轉角處，擺有一張桌子，幾把椅子。修女告知清晨彌撒的時間，建議我到頂樓看看。

招待所

伯利恆（1）

登高遠眺伯利恆，才發覺，這城和緊鄰的耶路撒冷一樣，全是帶有些許黃暈的白色建築。人家的屋頂上電線纏繞，長滿了好多衛星接受器；一個個的大圓桶，不知是否儲水用。光禿的黃土高地綿延到天際，城裡無數的建築，總有教堂十字架參與其中。

我起身，光著腳丫在地板上來回走動，享受白地的乾淨與清涼，捨不得停。桌上小玻璃瓶裡插著兩朵小花。把瓶子移到窗板，順便開了窗。外頭傳來兒童嬉戲和媽媽們的叫罵聲，多麼熟悉遙遠的感覺，一時間，竟分不出自己是身在巴勒斯坦的伯利恆，還是幼年時在南台灣生活的小巷裡。

趁著還有些天色，我穿過招待所迷宮式的樓層空間，打開厚重的大門又輕輕關上，拾著石階上行，來到一條不見頭尾的長街。街不寬，商家多已打烊。一家還開著的衣服店前，坐了個俊秀的少年，我們彼此注目微笑。有家樂器行，除了幾把二手的提琴、吉他之外，還有個喚不出名字的弦樂器，躺在盒子裡。走下一斜坡，路旁有人以一大鍋油炸著什麼，油味薰天。斜坡不寬，車子不斷。眼看就沒空間容納，怎麼還可以擠進來一部、兩部車？行人必須懂得拿捏閃開的時間。

行人道上是我百無聊賴的足跡，很好。天色暗下，華燈初上。兩排屋子中間的狹窄石階向上延伸，讓路燈照得浪漫，一些不著邊際的故事便在我腦海裡滋生起來。

＊　＊　＊

爾文安排我和妮娜去拜訪家庭。一

伯利恆（2）

早到醫院時，妮娜還沒進辦公室。我等在醫院入口處，看著阿拉伯爸爸媽媽們來往不絕，有的抱著幼兒，有的推著輪椅；幾個包頭巾的婦女坐在院外陰涼處的花圃旁。

在絕大部份是穆斯林居住的伯利恆有座天主教兒童醫院，的確耐人尋味。那是一九五二年的聖誕夜，瑞士籍的Ernst Schnydrig神父到此地朝聖時，在難民營裡目睹一位父親埋葬病故的孩子。那父親的劇慟深深刺痛神父的內心，「耶穌誕生地，怎能容許孩子生病死亡！」基於這個想法，神父租了房子充當醫院，從十四張病床開始，隨著時光推移，醫院規模逐漸成形。神父在瑞士奔走呼籲，組織社團籌募資金，終於蓋立了這座兒童醫院。一九七八年醫院擴建奠基不久前，神父便已過世。奠基石上鐫刻著他的話：「不論國籍與宗教信仰，我們盡一切努力幫助最貧窮的人。」兒童醫院所需資金全靠瑞士、德國、澳地利、義大利等國捐助。每年聖誕前夕，瑞士各天主教區專為這醫院向教友募款。多少年了，我總在聖誕前夕購買極貴的巴勒斯坦橄欖油及捐助兒童醫院。現在身處那些小款項的去處，更加體會什麼是天下本可一家。

社工妮娜說，司機要把汽車保險延期的證明文件備齊，免得在檢查站招惹麻煩。證明書必須從耶路撒冷傳來，我們只好多等四十分鐘。

「妳是基督徒嗎？」

妮娜有雙大眼睛，很健談。我有一種可以問她許多事情的直覺。

「我出生在一個基督徒家庭。」妮娜說。

「這裡不都是穆斯林的天下？」

「巴勒斯坦人原是基督徒，伊斯蘭教是後來才傳入的。」

妮娜這一說，我才意識到自己被以巴糾紛佔據太多心思，竟然提了違反常識的問題。

「怎麼會來這個醫院呢？」

「我在大學唸社會工作，到比利時進修兩年後回來，恰巧有個機會，我就來了。唉，如果有更好的選擇，我會換工作。」

「為什麼呢？這不正是和妳的所學相配合嗎？」

「話是不錯，我也不怕累，就是一些無法改變的事情，讓人感到沮喪。等會兒妳就會明白我的意思。」

終於出發了。車子奔馳在修築得無懈可擊的公路上。路旁旱地裡時有頭包白巾的牧羊人趕著在植物及石礫中穿梭的羊仔，是一幅千年不變的景象。令我不解的是，為何有些路段的路燈上繫著以色列旗，有些則是巴勒斯坦旗。問了司機和妮娜，他們也說不出個所以然。

路標上寫著Kiriat Arba，是希伯來文第四區的意思。車子往希伯倫方向前進。妮娜說，現在我們去拜訪的這個家庭有個四個月大的兒子，一出生就有骨頭易碎的問題。

「嬰兒是這對年輕夫婦的第二個兒子。他們的第一個兒子出生後不久就病死了，到現在仍然死因不明。第二個兒子一出生也有病，把他們嚇壞了。聽說我們醫院專門處理孩子的問題，他們不願意再到處求醫，便想辦法來伯利恆。」妮娜說。

「妳這次去訪視的目的呢？」

「看看嬰兒是否按時服藥，媽媽的照顧是否正確。有時我會依各個家庭的經濟情況，建議他們申請政府或是我們醫院的補助。」

車子離開公路，駛進鄉間偏遠的小路。整個地區些許荒涼，房子不多，卻都看起來新。車子來回奔跑，司機雖有地址，卻看不到任何路標。問了路人，一個指東，一個指西。找了好一陣子，我們終於來到一棟二層樓的房子前。妮娜和一個站在陽台上圓壯的女人打招呼，接著迎出來一個拄著拐杖的老者。司機等在外頭，老者領我們沿著屋牆走，來到右翼的一個房間。沒有窗子的室內頓時顯得陰暗，那門是唯一的光源。進門處的右側是個天花板挑高的廚房。趁人們握手寒暄時，我迅速向裡一瞥，這個現代化的廚房整潔有序。入門往前幾步便是下半階的小塊方地，上舖地毯，中間有個小搖籃，四周擺放著像是阿富汗人家裡一樣的長條形坐墊。原本就在屋內的年輕太太搬來塑膠椅；老跟在圓胖女人身旁的兩個小男孩不住逗弄著搖籃裡的嬰兒。男孩們不理會胖女人對他們的吆喝，年輕的媽媽愛憐地抱起嬰兒，笑著為我們解釋，兩個男孩是嬰兒的叔叔，常來這兒串門子。原來那胖太太是嬰兒的祖母，生了七男二女，這兩個最小的分別是三歲、兩歲。

「嬰兒的爸爸二十五歲，媽媽二十三歲，」妮娜一面為我翻譯，一面解釋，「第一個孩子生病時，他們去看了幾個醫生，每個人的說法都不盡相同。最後送到一個醫院，孩子死了他們才接到電話通知，也不知道死亡原因。」

三個女人熱烈地談著，我好奇地東張西望。拄拐杖的老者買來葡萄柚汁待客。

「她十七歲就結婚了，」妮娜指指年輕媽媽，開心地對我說，「快生產前挺了個大肚子參加期末考。去醫院生娃娃時傳來考試優等的消息，她高興得買巧克力請醫院裡的人吃！」

我微笑著向優等媽媽點頭致意，她眨著大眼睛，靦腆地跟著笑。

「她先生知道第二個孩子也生病時，根本無法面對，拒絕帶孩子去做更詳細的檢查。」妮娜說。

「怎麼辦呢？生病總要找醫生治療啊。」

「是他哥哥出面，把診斷書拿到大醫院去，才知道不需要做骨髓移植。後來打聽到我們醫院才趕了來。」

我心想，不知道這家人怎麼到伯利恆的兒童醫院？光是開車就需要一個多鐘頭，若是搭公車，勢必要換車吧。可是車站何在？在這麼乾旱的不毛之地，生活中的基礎設施如此不透明，難以想像交通聯結怎麼安排。

「她和孩子在我們醫院時，」妮娜繼續說，「她先生擔心得只能成天躺在床上，什麼事都做不了。」

「可能第一個孩子的死，給他過大的打擊吧。他現在呢？」我說。

「出去打工了。」妮娜幫我問出了答案。

「怎麼兩個孩子一出生就病了？是父母親雙方近親結婚的關係嗎？」我問。

這是阿拉伯部落鄉間的普遍問題，我不得不往這方面猜測。

「他們的確是近親結婚，不過孩子生病的原因卻不清楚，可能是父母血統過近的關係，也可能不是，我已經問過了。」妮娜說。

「妳再幫我問問，懷第三胎時打算怎麼辦。」我請妮娜翻譯。

答案是，懷胎三個月時做檢查，如果情形不看好，只好人工流產。

「我喜歡剛剛那個太太，」妮娜在我們奔赴第二個家庭的途中對我說，「個性堅強，又有主見，比她先生強多了！」

「那就對了，我注意到她和妳談話時的態度，似乎思緒很有條理。」

「現在我們要去的這一家又不一樣了。」妮娜的神情黯淡下來。

「怎麼了？」

「生病的女嬰六個月大，出生時腦部缺氧，肌肉不靈活，不會吸奶，做媽媽的當然又沮喪、又擔心，醫生讓她到我辦公室來談，她話說還沒說兩句就哭了。原來不只是孩子的問題，她先生兩年前又娶了個太太，周圍的人說的那些話讓她受不了。」

妮娜開了頭，就引起我的好奇。

「孩子生病、先生娶第二個太太、周圍人的談話內容，這些都有什麼關聯呢？」我想多了解。

「她原本就生了四個兒子，全都沒問題，二十三歲那年，也就是兩年前，她先生打算娶第二個太太時，她極力反對，現在生出了個有問題的女兒，親戚鄰居們就說，都是因為她反對第二個太太，遭天譴，所以才會有個生病的女兒。」

「豈有此理！」

我向來對可笑的思想過敏。

「我當然勸她不要理會那些閒言閒語，而且讓公婆支持她。」

「結果呢？」

「還好，婆家很為她著想。金錢上、精神上都讓她有所依靠，她公婆原本就反對自己的兒子再娶。現在這個爸爸和另一家庭住在別的地方，也有了一個兒子，他只好兩邊跑。我真不知道這個年輕人以後怎麼養活兩個家庭……」妮娜搖搖頭說。

我們的車子到了檢查哨，以色列士兵連看都不看便放行。第二個村子較好的經濟情況一看便知。

「因為這裡有個工廠，村民幾乎都在這工廠上班，充分就業的結果，當然日子就好過多了。」妮娜解釋道。

此地的白屋外牆有美麗的花雕圖案，大都是二、三層樓，還有好幾處正在興建。上了個小斜坡，車一停，也不知哪裡竄出來的小男孩圍了過來，兩三聲喧嘩，大大小小穿長袍、包頭巾的女人們便陸續出現。順著白石階走上房子時，迎面撲來一陣異味，稍為下望時看到，原來圍牆內的泥地上有許多正在啄食的雞仔。和女人們相互握手後，她們領著我們兩位女客進入客廳。這次是和她們一起坐在地面的長墊上。

「這是瑪雅的嫂嫂」。

（櫃子的抽屜把手是鑲有金色邊環的透明塑膠。）

「這是瑪雅的外甥」。

（雙人床上的床單下沿有著蓬裙般的褶邊。）

「這是瑪雅嫂嫂的第三個兒子」。

（蹲式廁所旁的水管連接著水龍頭，用以沖水。）

女人們邊說著話，妮娜邊為我介紹在屋裡進進出出的大人小孩。客廳一角有個小女孩睡著，說是生病了。這麼些人大聲談話，也不吵醒她，怕是發著高燒。徵得允許，我看了看房子，拍了幾張照片，向老是盯著我的三個幾乎齊高的小男孩眨眨眼。

「她們抱怨，提問題時，醫生愛理不理的，老是說，『即使我講了，妳也聽不懂』。」妮娜為我翻譯道。

「在家時先寫下問題，」我把自己的做法提出來參考，「盯著醫生一定要回答，這是他們的職責。把醫生說的快快記下，重複他的話，如果第一次聽錯了，才有更正的機會。還有，醫生的姓名和時間都記下來，以後出現問題時，才能有記錄做為依據。醫生看妳記錄，就不敢亂說。」

瑪雅懷裡的娃娃有雙大而憂愁的眼睛。六個月的嬰兒，看起來只像個二個月的娃娃。看到她會吸奶瓶了，真令人高興。

「瑪雅常按摩小孩臉部的肌肉，」妮娜說，「現在她已經會自己吸奶，比我上次來時進步太多了。」妮娜說話又快又急又大聲，可是在這些嗓門大又比劃快速的女人堆裡，她算是相當「溫和」的。

我望著瑪雅，心想著，她丈夫怎麼捨得這麼美麗的妻子再娶呢？正當我想得出神，妮娜遞給我一張小女嬰的出院報告書，上面密密麻麻佈滿縮寫名詞及數據。其中一欄恐怕在別的報告書上不容易看到——History of the family: Parents are far relatives.——家庭歷史：父母親是遠親。

「娃娃大有進步，瑪雅也高興得想把舌頭在嘴裡打轉，發出高音哩。」妮娜為我翻譯著。

我想學學怎麼做，又怕太打擾，便把希望按捺下來。只記得看過阿拉伯女人以打舌發出高音表示高興喝采。印象最深刻的一幕，是有關伊拉克前領導人海珊的宣傳片。就像中國的君王是「天子」降生一般，據說海珊出生時也有「異象」出現，預告明君降世。影片裡就有個身穿黑袍、頭包黑頭巾的婦人，一邊指著海珊出生時的房子，一邊打舌發高音。

＊　＊　＊

回到伯利恆已近午後三點。司機去吃飯，妮娜進辦公室，我直奔二樓。還好院長仍有訪客，我雖然慢來，卻不遲到。

「我們四處看看吧。」

希彥是巴勒斯坦人，她看起來有些累，卻仍是笑容可掬。我有些微不安，但願不會佔據她太多時間。

「牆壁塗上粉紅色彩，妳知道是什麼緣故吧。」希彥說。

「當然。這裡的病人都是嬰兒、幼童啊。」

我們邊走邊聊。希彥說得一口流利德語。問了緣由，才知道她曾得到獎學金到德國留學，前後待了十年。

「從醫院外觀看不出來，病房和診療室是圓弧形排列。」

「妳注意到了嗎？我們的對面，就是病房的另一邊，也是整條相通的走廊。」

「噢，就是病房兩邊各有一條走道。為什麼當初會有這個設計呢？」

我只奇怪，為何牆壁全以玻璃窗代替，卻沒看到病房另一邊的玄機。

「那是讓因怕孩子會再度感染而不可以進入病房的家長們，可以方便看到自己孩子在房內的情形。」

真是體貼的設想。由於整個思緒還都沉浸在拜訪過的兩個家庭，我向希彥提出了疑問。

「近親結婚造成下一代的健康問題，沒辦法解決嗎？」

「我們講了又講，他們自己也知道，可是傳統習俗難改，而且他們願意冒險，總是藉口說，『什麼人也是表哥表妹結婚，沒出過什麼問題，我們也不一定運氣不好』等等的。另外，他們把孩子看成是老年保險，孩子生得越多，以後的日子越有保障。其實相反，這妳也知道……」希彥說。

「養兒防老的觀念不只是巴勒斯坦人才有，這和經濟發展狀況有關。近親結婚似乎特別棘手。一家族的人世代住在同一個偏遠的村子裡，女人不出外工作，男人也走不出小圈圈。這問題永遠也解決不了。」

「幾十年來經濟沒辦法大規模發展，原因妳應該也清楚。外界越不確定，人就越死守在熟悉的領域，越不敢向外尋找機會。」

「這是大環境的問題，可是深層的文化、思想以及後來的教育程度也有相當大的影響。就以妮娜為例吧，她是基督徒，到國外留學後又回來服務，妳不也一樣。」

希彥點點頭，應該是贊成我的觀點。接著，我們走到了長廊的另一邊。

「這裡面是媽媽們的床位。」希彥指著一扇門說。

「媽媽們的床位？」

「我們是約旦河西岸和迦薩走廊唯一的兒童醫院，設備及醫療技術都相當受肯定，所以有很多慕名而來的家庭。可是許多人住得遠，孩子又天天需要媽媽，所以我們就有了媽媽宿舍。」

「太好了，真是設想周到。」

「讓媽媽住在醫院裡的另一個好處是，她們可以在我們開辦的媽媽教室裡，學得衛生常識和照顧孩子的方法，彼此間還可以相互討論、安慰、交流。這個措施在這地區實用而有效，很受歡迎。

我們也正在擴建媽媽宿舍，希望能夠容納更多孩子住院的媽媽們。」

希彥越說越興奮，我也感染到她的喜悅。

「醫院是否有計劃要籌設護校呢？」

蓋立護校比醫學院容易，我心想。

「目前我們有護理訓練班，提供紮實的護理知識，又可以就近在我們醫院裡實習；這些受過訓練的男女青年都是巴勒斯坦保健事業的生力軍。妳知道的，醫院所有的開銷都靠捐款，我們有一些計劃，卻都要慢慢來。」

轉了一圈後，我們回到了院長室。

「妳今早和妮娜去看到鄉間貧窮的情況吧？」

我遲疑了一下說：「要看貧窮怎麼定義。我看了兩個家庭，只能說他們是生活資源、基礎建設上的貧窮，而不是吃、穿、住的缺乏。」

「這裡冬天常見的病例是，孩子因為沒有鞋襪可穿而導致的嚴重凍傷。」

「可是西岸有上千個非政府組織在活動啊，怎麼可以讓這種事情發生！」

希彥苦笑著搖搖頭。

那就對了，非政府組織並不單純，只是我手邊還沒有足夠的證據。希彥告訴我，兒童醫院能在巴勒斯坦地立足半個世紀，就是因為從不涉入政治紛爭，秉持Schnydrig神父當初創院的精神，嚴守本業，不論國籍、信仰，單純為醫治孩子而存在。我順勢把話題導入政治，希彥只輕輕地說：「圍牆實在太醜陋。我再也聽不進和平這兩個字，再也聽不進去了……」

＊＊＊

查看了手機，G來過六次電話。關了吧，不給回，我必須能沉得住氣，專心工作。攤了一大床的書籍、簡介、手冊，我躺在資訊當中，望著白色天花板，遠處傳來教堂的鐘聲，想著剛和漢妮在咖啡廳的談話。那咖啡廳不大，從外觀看不出是個西式的消費場所，相當舒適，只是音樂的聲音太吵。由於位在伯利恆大學不遠處，是學生流連的地方，也有此地難得看到的，青年男女相依偎的風景。

初看漢妮時，我的眼睛受到了些許震撼。不是因為她五官特別，而是身在伯利恆的漢妮，和周遭的人相較，顯得那麼西歐風情。三十多年前，那應該是場嚇壞多少人的，轟轟烈烈的戀愛！漢妮選了個巴勒斯坦人做為終身伴侶，一輩子住在約旦河西岸。最不尋常的是，不是她丈夫跟著她到瑞士定居，而是她跟著丈夫在巴勒斯坦地住下，打破了發展中國家的人搶著去已開發國家生活的鐵律！

「巴勒斯坦怎麼就沒有一個像甘地那樣的人？」漢妮說。

那是在我問她，巴勒斯坦人是否恨以色列人，她想了很久之後的反應。漢妮沒直接回答我，卻從另一個角度提出了相當尖銳的問題。我喜歡自己問得笨，更愛漢妮回得巧。

「第一次石頭革命後，西方的錢像集束彈那般地射灑進來，都去了哪裡？這裡的報紙也批評得很厲害！」

「法塔赫（Fatah）的腐敗不就是讓哈瑪斯勝選的原因之一。」我接著說。

「記得孩子還小的時候，我帶他們回瑞士住了一段時間，他們很快就適應那裡的生活。回伯利恆以後，有次兒子手裡拿著糖果紙，對我說：『媽咪，在瑞士不可以隨便丟紙屑，我忘了這裡可以，妳看我手裡還有……』接著他就把紙丟在地上。這事給我很深的印象，巴勒斯坦人應該自己振作起來，不能有百分之九十九的人隨地丟紙屑。」

這話倒是把我心裡的疑惑給引了出來。和巴勒斯坦人的行為無關，而是佔領地的法令規章，到底怎麼分配權限、怎麼執行？

「有三種方式，」漢妮說，「第一是實行巴勒斯坦人的法令，並且由他們自己負責管理及維持治安；第二是巴勒斯坦人負責行政，以色列負責安全；第三是行政和維安都歸納到以色列的職權範圍。」

「非常複雜，也一定產生許多糾紛。怎麼知道什麼地方屬於誰的什麼範圍？」

「有網站可查，連水資源的運用也規定得很清楚。」

「還有，漢妮，穆斯林娶四個妻子，古蘭經裡有嚴格規定，不是想娶就娶，不是嗎？」

話題轉到了法治，我便提了一下那女嬰父母的例子。

「可是巴勒斯坦政府允許啊。」

「這不就違背了古蘭經？」

「經文是隨人解釋的。」

「我可不可以想成是人口攻勢的手段呢？」

漢妮聳聳肩。

招待所樓下的義大利學生天主教朝聖團正大聲歡唱，窗外是清真寺呼叫晚禱的聲音。我翻閱著在咖啡廳可以免費拿取的This Week in Palestine。這是本整整一百頁印刷精美的黑白小冊子，刊登了巴勒斯坦行政中心Ramallah前衛設計的餐廳、咖啡館、伯利恆Jacir Palace Intercontinental飯店氣派的外觀、照片展、文學節、旅行社、快遞公司、保險公司等等的廣告，好不熱鬧。更有一整頁列出迦薩走廊十五家旅館的資料，這些旅館中有些提供游泳池、網路、會議室、商業中心、土耳其浴等設施。最特殊的是「您在巴勒斯坦的安全夥伴」廣告，服務項目包括風險評估管理、安全計劃諮詢、邊界安全監督、保護個人及資產……我讀了幾次，仍然難以想像具體的業務內容。

其實這小冊子的主題是al-Nakba——大災難。二〇〇八年是以色列復國六十週年，卻同時是巴勒斯坦人六十個寒暑的災難。小書是悲情訴求的集合體，其中「國際社會在引發大災難中的角色」一項，列舉自一次大戰至以色列復國期間，國際上各種合約、會議對巴勒斯坦不公平待遇，或以色列拒絕履行有利巴勒斯坦決議的條目。我在床上翻了個身，覺得有些乏。事情如果能像這些選擇性記載那般黑白分明，中東的糾紛也就不至於延宕半個多世紀，太平日子仍舊遙遙無期。

由於是類似「國殤日」的呈現，小冊子的封面也以黑白印刷，圖案是七個奔跑的人，有的牽手，有的以手護頭。背景是光線的投射，七個人都只有影子。造型、效果都特殊，很引起我的注意。仔細翻讀，終於找到了答案：Jane Frere是無國界藝術家的成員，專職舞台設計，也熱心將表演藝術帶到世界上少有人去的地區與國家。她曾在一部片子裡看到一位巴勒斯坦女人敘述夢境，夢裡的巴勒斯坦人被一個個吊掛在晒衣繩上。「為什麼這麼對待窮人呢？」女人在夢裡問。「他們是處於未決的狀態，升不了天也下不了地。」一個聲音答。

影片裡的這一小段情節觸動了Frere的靈感，她和東耶路撒冷的一家畫廊合作，打算以數千個鐵線穿起的小人，象徵一九四八年七十五萬被以色列驅逐，以及至今人數增加到數百萬的巴勒斯坦人。Frere聚集了一些巴勒斯坦藝術家，讓他們把製作方法教給參與計劃的年輕人，要他們想像，當初匆促逃出家園的長輩會怎麼穿著，有什麼神態……在展出的會場，除了吊掛這些小人形之外，周邊會貼出逃亡的故事與證詞等第一手資料，並播放敘述錄音……

正當我沉浸在展覽會的想像中時，突然聽到敲門聲。

「東西都涼了，妳不來吃晚餐嗎？」修女關心地問。

＊　＊　＊

清早的彌撒永遠是一天開始最好的準備。這個圓拱形的小聖堂乾淨到了極點。約十個人的位置，來了四個修女，我是唯一的訪客。神父的彌撒經文和修女的聖歌全是義大利文。語言雖異，禮儀程序全世界相同。

早餐後，修女為我叫車，領我走下彎彎拐拐的石階，陪伴我直到車來。

「司機和我們相熟，不會有事的，妳放心。」

修女說著，便在我額上劃了十字聖號，送我上車。

正如台灣計程車司機喜歡在車內的後照鏡上掛香符，這司機也掛了串玫瑰唸珠。

「你是阿拉伯基督徒？」我問。

「對。我車裡有兩本聖經，一本英文，一本阿拉伯文。」

車子經過高牆。哪個好事者以漫畫手法在牆上畫了巨大的頭像。心想，要是有足夠的資金、人力，把這些塗鴉創作匯集成一本書，應該很有意義。

「你不喜歡這牆吧？」我故意說，希望能引他談話。

「妳喜歡嗎？」

「以色列是為了阻擋自殺炸彈的攻擊，阻擋恐怖份子。」

「他們不是恐怖份子，是為拿回土地而戰。這牆對我們的經濟傷害很大，太多人失業，我已經開了十八年的車，好歹有個工作。感謝上主。」

「女人也可以幫忙家計不是嗎？」

「女人只有兩條路可走。一條是當修女，在耶穌的庇護之下；一條是嫁人，在丈夫的庇護之下，否則她們不知道所生的孩子是誰的。」司機說。

＊　＊　＊

再次通過檢查站之後，我和到耶路撒冷工作的阿拉伯人一起擠上小公車，直奔「雅法門」。陽光斜射，還不顯得熱。瓦蕾莎在電話裡要我從「新門」進入舊城區。不容易吧。舊城意味著迷途。那些分叉交錯的石巷小道全通向幾世紀前的歷史，我如何鑽得出往事塵煙。走失了，不打緊，錯過集會課程要和誰討去？

「妳從郵政總局出來後往右走，一定會看到舊城的白色大牆，過街，再向左走一點就是『新門』了。然後問『騎士飯店』，每個人都知道。」瓦蕾莎在電話裡說。

就信她一次吧。我把行李放進青年旅社後，便拿著地圖上街。到郵局買電話卡應該是較經濟的打算。進入郵局之前，照例要受檢，去買麵包又何嘗不是。

「騎士飯店」果然不把自己藏得深遠，長廊似的前廳上方，吊著兩盞風一吹來就要叮噹作響的水晶燈，地下樓則是另有乾坤。經過一處紅磚壁石窖般的走道，迎上來明亮燦爛的內庭。內庭盡頭銜接寬敞的活動大廳。和瓦蕾莎雖從未謀面，她在熙攘的人群裡很快就認出我這亞洲面孔。瓦蕾莎是總部位於日內瓦「普世基督伴隨巴勒斯坦與以色列計劃」，駐耶路撒冷的協調人。在課程開始之前，我把她拉到一旁問道：

「從組織名稱上看，實在難以了解活動內容，能快快說明一下嗎？」

「最主要是以非暴力手段介入違反人權的各種事項。工作人員把看到違反人權或觸犯國際人道法規的事實記錄下來，反應給以色列政府或相關的國際組織，要求他們採取行動協助更正。」

「這些人是哪裡來的？算是一種工作，可以領薪水嗎？」

「都是自願者，來自不同國家。依照每個國家的情況，有些人必須自己負責一部份的開銷，有些不需要，有些不但不用繳費，還可拿到象徵性的薪水。」

「工作時間呢？」

「一期三個月，包括課程訓練，必要時可以申請延長。參加者的先決條件是，三個月工作期結束回到各自的國家後，必須推廣、支持組織的理念。」

「很抽象。該怎麼做呢？」

「就是在堂區介紹自己三個月的工作內容，讓更多人關注、參與。」

「具體的工作內容呢？」

「參加的人可以自己選擇工作地點和較有興趣的項目，包括參與巴勒斯坦人的一般生活；和以色列的和平運動者一起工作；拜訪受到以色列屯墾居民騷擾的巴勒斯坦人，傾聽他們的經歷並且寫成報告：親臨貧窮社區或衝突事件的現場；觀察檢查站、示威，以及其他軍事行動時以色列軍人的行為，必要時聯繫有關單位，要求處理等等。原則上我們不選邊，保持中立，可是從人權及人道的角度，我們必須有所批判，並且和貧窮、受壓迫、被排擠的人站在一起，以實際行動支援以色列、巴勒斯坦兩邊。」

「課程內容呢？」

「妳馬上就會看到。現在我必須把妳介紹給這一期的人，免得他們因為臨時有不相干的人加入，而覺得不舒服。」

「我是美國猶太人，可能突然會把話說得很快，對那些母語不是英文的人也許不方便，請記得提醒我……」

說話的是位穿著一身黑衣的中年女士，來自「促進以色列文明運動」的組織「新面向」。要在以色列促進文明的前提，當然是認為以國社會不文明或不夠文明。這立刻引發了我的興趣。

「我們要的是公民社會，不是軍事社會。要一個有軍隊的國家，不是一個有國家的軍隊。以色列人必須開始提出問題，必須開始在彼此間進行對話……」

受訓的二十多人圍坐半圈，應該早已知道課程內容，否則便和我一樣，不知道這女士的主要訴求。直到第二位笑咪咪的太太說「我女兒上過四次軍事法庭」時，我才恍然大悟。原來「新面向」是幫助「良心拒服兵役」年輕人的民間組織。

Powerpoint裡出現的一張海報是個六歲男孩拿著長槍，驕傲地說「以色列人就是去當兵的人」。下張照片提出，兒童樂園中可以讓孩子爬上跳下的「遊樂設施」是廢棄的槍礮或裝甲車。接著是嬌滴滴的少女依偎著赤裸上半身、穿著迷彩褲的英勇軍人。

「這兩個俊美年輕人握拳勾手的海報，當然不是為同性戀做宣傳，」黑衣女士說，「這是強調共患難的同袍情誼，也是優質的檢測標準。如果你是女人、黑人、殘障者、阿拉伯人就被摒除在這張照片之外，就會歸類到其他不被社會認為是主流標準的領域。良心拒服兵役的人必須面對醫師、律師及心理醫生反覆的檢查和提問。如果所持的理由是『我反對佔領』，立刻會給自己惹上麻煩，因為那是政治議題、政治禁區。」

這個反戰團體以理性訴求攻擊政府措施，運用社會資源、集結捐款幫助弱勢，如果以色列可以允許這種公民組織存在，那麼文明或不文明的定義又是什麼？

這天恰巧是以色列復國六十周年的前一天，也是國殤紀念日。上午十一點正全國停擺，靜默兩分鐘，哀悼為國捐軀的戰士，或死於恐怖活動的人們。從簡報與討論我逐漸明白，「新面向」的目標是要改變以色列社會中的刻板印象，讓是否服兵役不再是判斷國民質優、質劣的標準之一，拒服兵役的人也可以有獲得高等職業的機會。「新面向」請律師將需要幫忙家計的年輕人帶出軍隊，這些人必須能夠和由於其他因素不能服役的人一樣，在社會上受到他們應有的待遇。然而，我的疑問是，既然服兵役是國民義務，為何需要花錢做宣傳海報？難道是良心拒服兵役的人數越來越多，政府和民間正打一場無聲戰爭，彼此較量？經我事後私下詢問才知道，海報不是來自政府，良心拒服兵役的人數並沒多到足以令軍方擔心士兵不夠的程度；社會轉型，比如國營事業私有化，以及國民與國家關係的衝突等，才是造成逃避兵役的原因。至於細節如何，恐怕要長期定居以色列，並且關注其內政，否則一些非關民生的社會現象，連以色列人自己都不見得明白。

國慶活動在晚上開始。那天夜裡我投宿的青年旅館有個通宵晚會，只要報名，所有房客都可以免費入場。我為什麼要參加呢？和一群陌生人吃烤肉、瘋跳舞？雖然緊閉門窗，從凌晨開始，如同擴音器就在耳邊，巨大的熱門音樂聲緊緊把我包裹在它的激情、震盪裡，吵鬧一夜，直到天空開始泛白，我才矇矇睡去。

第二天，「以色列反拆屋委員會」的簡報就在橄欖山飯店的大廳舉行。參與「普世基督伴隨巴勒斯坦與以色列計劃」的成員似乎就下榻在這東耶路撒冷的小飯店裡。在我因為只有兩個小時的睡眠而頭重腳輕地趕到會場時，有些人還沒吃罷早餐。

東、西耶路撒冷的差異從外觀便可以看得明白。東耶的道路狹窄、房屋失修、市容雜亂，觀光客不到的地方就更不可看了。記得G曾說，阿拉伯人居住區的稅收，他們自己並不一定用在公共建設。即便工程發包，不是落在自家人手裡，就是報價最便宜的廠商得標，這其中又免不了利益輸送。現在的一位阿拉伯國會議員也深知這類事件的嚴重性，就看他們自己會怎麼改善了。以色列的國防預算佔稅收極重的比例，應該不難想像。猶太人的社區發展有些來自國外猶太人的捐款，而阿拉伯人區的情況，就不知道能夠收到富裕阿拉伯國家多少資助了。

「我們以非暴力方式反抗政府在佔領區拆毀巴勒斯坦人的房子……」又是個操著一口流利英語的女士，莫尼卡。「反拆屋委員會」除了在以色列本土之外，英、美、加拿大都各有辦公室，以一般NGO的規模來看，算是組織龐大。

「從一九六七年起，已經拆了一萬二千個房子。拆屋的動機純粹是政策考量，把三百五十萬巴勒斯坦人侷限在狹小、擁擠、變窮以及被包圍的、彼此無法聯繫的土地上，以確保以色列的控制，目的就在消除巴勒斯坦的存活機制。」

這句話是極嚴重的控訴，仔細想卻似是而非，房子被拆了的巴勒斯坦人住哪裡？以色列允許在其佔領區內有無住屋的遊民，而為自己製造麻煩？

「多年來，以色列製造『既成事實』，讓巴勒斯坦人不能生存，」莫尼卡繼續說，「百分之九十七的巴勒斯坦人被關在七十個受包圍的小片土地上，以色列實施『焦土政策』，剝奪肥沃農田、控制水源，上百萬的水果樹、橄欖樹連根拔起。以色列永久屯墾區占了西岸百分之二十五的面積，屯墾區之間有美國人捐款蓋建的以色列人專用高速公路連接，巴勒斯坦人的城鎮卻被七百個檢查站及障礙物切割、阻斷，由八公尺高的水泥牆隔開和以色列的聯繫，鄉村和農地則有通電的圍欄，造成原本在以色列工作的巴勒斯坦人失業……」

莫尼卡認為，以色列政府的惡行罄竹難書，而她對隔離障礙物是政治邊界而不是安全措施的說法，令我極為驚訝！隔離措施不是在第二次石頭革命之後，以色列無數次遭自殺炸彈連續攻擊，才開始運用的？

＊＊＊

一部大遊覽車只載了二十多人，座位綽綽有餘。我坐在司機後面，可就近觀察莫尼卡。她穿著寬鬆的棉質衣褲，背著同一質料的大包，鬆鬆垮垮，是典型憤怒左派的裝扮。可以想見，她的起居、行事大概和她袋子裡的東西一樣，資料齊備、重要，卻是摺一個邊、缺一個角。

莫尼卡帶我們去觀察東耶路撒冷的「災區」，是觀光客到不了的醜陋角落。那是頹圮的一堆亂石，鋼筋從中竄出。有人忙著從車上拍照，莫尼卡始終沒說明，房子為何被拆、住在裡面的人哪裡去了。

「這裡原先有三棟房子，全拆了。他們計劃要拆下面你們看到有幾棵樹那帶的房子……」

莫尼卡邊說邊指著遠遠近近一些混亂的土石堆或看不出所以然的建築。車子走走停停，我們上上下下，眼前盡是憂愁與毀壞，是風景明信片上看不到的耶路撒冷。

然後，來到一個安靜的住宅區。有間房，大門沒關，我們走進別人的家裡，有客廳、有廚房、有二個包頭巾的女人。我們走上二樓，有房間、有拖鞋、有小孩。走上頂樓時，赫然一堵水泥牆矗立在眼前。

「這阿拉伯屋主，人真好，允許我時常帶團體來看看。他們的孩子原本十分鐘可以到學校，自從屋後的這道牆築起來以後，上學必須繞遠路四十五分鐘。上回我帶人來的時候，剛好有個女兵站崗。她持槍對著我們，我當然不客氣地開罵。你們可以拍些照片，等一下我們去看哈珊，」莫尼卡說，「哈珊的雜貨店就在加油站旁。本來他的生意很好，現在差多了。去看了以後就知道為什麼。」

於是我們一行「替天行道，為弱者發言的觀光客」，再度出發。莫尼卡所指，加油站所在的公路被橫亙在中間的高牆攔腰截斷。牆的這邊是加油站，牆的那邊當然看不到。這牆沒有伯利恆牆上的形象創作，而是純文字的心聲表達：

夏隆是和平使者嗎？
啞牆在咆哮
由美國資助
牆很快會倒

和平鬧劇
以牆搶奪土地
歡迎來到涕泣之牆
以色列人住在搶來的土地上

哈珊的雜貨店緊鄰八公尺高的水泥牆，以前生意好是因為這公路通向西岸，不斷有車輛來往。牆一築起，原本是路邊的加油站便被擠到一個小角落裡，而加油站旁的雜貨店生意當然就一落千丈了。

「以色列是個很年輕的國家，國民都還在摸索彼此如何相處……」再度上路後，莫尼卡繼續說，「不同社群間的嫌隙很大，俄國來的移民看不起衣索匹亞來的，而原本就住在這裡的老猶太則看不起俄國移民……拆阿拉伯人房子的最終目的就是要讓他們住不下去而離開……」

我們從耶路撒冷向東行進入西岸地區。車子在公路上奔滑，兩旁的花木扶疏優雅。放眼四望，寬闊的黃土高地連接天際，時有分佈著和土地同色調的建築群。

「各位看到的就是屯墾區，」莫尼卡介紹著，「屯墾居民一寸寸吃掉巴勒斯坦人的土地，背後有以色列政府撐腰。這些錫安主義者非常鷹派作風，要把整個地區猶太化，有些把屯墾區的房子賣給有錢的美國人。這些美國人還以為住在聖地，自己就會變得神聖。」

接著莫尼卡拿出幾張大地圖，上面密密麻麻標示著屯墾區所在、隔離牆穿越的地點、以色列專用路線等等的。突然車裡一位成員問莫尼卡，是否可以參加組織的工作。

「當然非常歡迎，」莫尼卡興奮地說，「我們有許多活動，除了我們自己以色列人之外，常有各國的朋友來幫忙。有一家阿拉伯人的房子被拆了四次，我們幫忙重蓋了四次。不只是抗議，我們更以實際行動反抗拆屋。除了重建被拆毀的房子之外，我們還提供兩週的『以色列及其佔領地的批判之旅』。請各位回國後轉告你們的政治人物、社區代表、媒體，讓他們知道你們的關懷，讓他們知道中東越來越糟的實況。把資料給他們看，督促他們支持結束佔領、支持和平……」

莫尼卡說得好不激昂，反對佔領、和平共存是她的終極信仰。問題是，六日戰爭前，迦薩不是由埃及佔領、西岸由約旦併吞嗎？六日戰爭是以色列蓄意佔領才發動的嗎？就連不和以色列接壤的伊朗都想把以色列掃進地中海，不是嗎？從這幾個角度看，和平應該怎麼定義、有什麼具體內涵呢？是誰要戰爭，誰不要戰爭呢？

* * *

我，恨花、恨草、恨太陽；偏偏它們成雙成三攜手而來。而這個從耶路撒冷到海法的美麗早晨，不就因著它們彼此間適切的攤展與組合，才使得兩小時的車程不寂寞？是因為以色列與巴勒斯坦的衝突讓我也變得矛盾起來，還是我自己內在的矛盾藉著巴以衝突來彰顯？

「讓我來接妳，好嗎？」G的簡訊問。

「除非Bony也來。」我簡訊答。

說不來自己為什麼總是不能給他一個正面的、直接的答覆；說不來自己為什麼總是要小小地、細細地折磨他。

近正午，大巴士到達總站。G跑著來，略長的頭髮飛揚。他一把擁我入懷，過了一陣子才說：

「妳還是太輕，還是不能在瑞士捐血？」

Bony在一旁歪著頭看我們。十四歲的母狗，竟然有四歲小女孩明亮稚氣的眼睛。

「沒人像妳這麼做的，連以色列人自己都不可能，才一個星期就跑遍東西南北！」

G一邊發動車子，一邊說。

「還沒完哩。還有兩個在特拉維夫想見的人，一直沒聯絡上。」

回頭看看後座的Bony，牠也正好偏著頭看我。解釋成牠正對我微笑，絕不會有人反對。

「想吃點什麼？」G問。

「和hummus醬有關的任何東西。」

「帶妳去吃伊拉克口味的。」G說。像個就要去遠足的孩子那般興致高昂。

終於暫時可以不用再計劃下一個行程，不需要再思索心裡的疑問該如何澄清。當一個人化成了一隻傾聽的耳，化成了可以任人舒展四肢的處所時，我便可能在這個人面前陷落。

＊　＊　＊

同樣夜晚的海邊，風吹勁了些。赤腳走在沙灘上，海水依舊沁涼，空氣中不再有冬寒。

「最近西歐怎麼樣了，沒特別的事吧？」G問。

「抗議、罷工，老樣子啊。義大利那不勒斯的垃圾問題、法國漁民的問題、德國、瑞士畜牧業的問題、西班牙卡車司機的問題……西歐是分配的問題，你們是擁有的問題，都是沒完沒了的問題……」我有一搭沒一搭地回答。

「對於我們六十年國慶的看法呢？」

「真的想知道？」我故意逗他。

「我已經準備好了。」G冷冷地說，「以色列是一個被放在顯微鏡下檢視的國家，全世界有關我們的著作、言論、報導，比我們自己所能消化的還多。而且，我們還必須練就一套打擊那些歪曲事實報導的功夫。我們還有退路嗎？」

「除了哈瑪斯、真主黨、伊朗現任總統質疑以色列的生存權之外，」這人敏感，我儘量說得輕，「還有那些『為中東和平獻身』的歐洲思想界精英。」

「說清楚一點。」

「比如，包括德國筆會會長、綠黨國會議員、作家等等，二十五個人針對六十周年發表了『祝福與憂慮』的文章，他們稱讚以色列國家建設的成就、對多元文化的包容、在科技領域的突出、知識活動產業的蓬勃、民主機制的建全，卻也同時質疑，以色列是否有誠意要結束和鄰居的衝突；因為它的作風不但欺騙自己、愚弄世界，更威脅到自己的生存。他們還警告，德國對以色列的政策中，不可以忽略巴勒斯坦極端困難的政治、經濟現況，以及以色列對巴勒斯坦的威脅。」

「妳是說，一群業餘的太空人在電腦桌前漫遊太空一陣子之後，所發表的價廉物美的陳腔濫調？這就是他們的『友情與批評』，棍棒和胡蘿蔔齊發，真正的用意是批評以色列利用大屠殺當護身符，在全世界招搖撞騙，並且提醒德國政府注意和我們的關係，以便讓德國內部對猶太德國人、非猶太德國人，以及穆斯林德國人彼此間的衝突能夠更沒有拘束、更不會綁手綁腳地進行攻防戰，對吧？他們為什麼不先問問自己，以色列和鄰居之間不斷有衝突發生，對以色列本身有什麼好處？現在我明白了，以色列的錯，不在它是中東地區唯一的民主國家，而在於，它沒辦法讓國際社會喜歡它！」

這就是G，我心想。永遠的冷酷、精準、用心用情，令人無法抗拒。不知道他是否也聽說了，早在二〇〇〇年，因為反對以色列的政策，一百二十名歐洲學術界人士共同簽署一封公開信，呼籲歐洲國家凍結和以色列的科學、文化合作。一些明明不懂政治，卻偏要展現他們「良知」的作家們也紛紛表態，譴責以色列，其中包括寫Sophie's World的挪威作家Jostein Gaarder、寫The City and the

Pillar的美國作家Gore Vidal、曾給夏隆寫過公開信的南非作家Breyten Breytenbach，而葡萄牙的諾貝爾文學獎主Jose Saramago還把巴勒斯坦行政中心的Ramallah和有著納粹煤氣室的波蘭奧斯維茲相提並論！當有人問Saramago煤氣室在哪裡時，他竟然回答：很快就有！此外，德國綠色和平組織執行長也認為，放棄對以色列的批評是不道德的，德國應該幫助以色列學習德國人已經學會了的教訓：以暴力讓別人屈服會有什麼樣的歷史代價。算了吧，就別講給G聽了。他不總是說，這些撈過界的局外人怎麼懂得政治是種多麼細緻的操作，不論是陳年歷史還是現實事件，原本就是拼湊出來的，偏偏就有人膽敢以自己的一個小角度論斷全局。

「妳在想什麼？」

G注意到我的沉默。

「我只是想……只是想，以色列會有一百年的周年慶嗎……」

「或只是曇花一現，再度消失？」G立刻完整地接腔。

他在黑暗中抓住了我的手。是種深沉的憂慮，被挑起後，本能地要找個支柱？還是因為被了解所表現出來的感動？

「世上最有趣的事情之一，就是觀察民間和政府必須『政治正確』時，兩邊相反立場的攻防戰。三月德國總理來訪，在國會的演講中說，對她而言，以色列的安全沒有商量的餘地……」

「換句話說，她非常了解以色列每天面臨的威脅。」這次由我把話說得圓滿。

「幾年下來，南部幾個城已經受到大約四千個火箭彈的攻擊。世界上有哪個國家能夠忍受這種事情發生？」

「你知道製造Quassam火箭彈的原料之一是以色列提供的嗎？」

「什麼？」G驚訝得停住腳，「妳怎麼知道？」

「我不但知道，還看過製造Quassam簡陋工廠牆邊堆滿一包包有著希伯來字母肥料的照片。你們運去迦薩給農地用的肥料裡面有製造火箭彈所需的化學原素，再加上其他的，對了還要放些糖，緊急時，一夜可做一百支。」

「妳怎麼知道？」G又問同樣的話。

「德國的報導。」

「其實妳沒有必要理會我們的是非。」G深吸一口氣說。

「不是我願意理會這些是非，是這些是非找上了我……或更好說，是一種張力吸引了我，一種槍桿子頂著你腰際，監視器在你頭頂上跟著走，卻又要讀書、就業、娶妻、生子，盡全力過正常生活的張力。在Disco舞廳高唱輓歌的本身就是一個詩篇。不是嗎？」

G牽著我慢走。他的手握著我的手一陣緊。

「知道David Grossman？」

「他又出新書了？」

G點點頭說：「第二次黎巴嫩戰爭時，他曾經和另外兩位作家公開譴責這場戰爭的荒謬性。三天後，他的兒子就死在戰場上。」

我把手從G的手中抽回，這事傷我的心。他不理會我的反應，繼續說：

「Grossman的新書是敘述一個母親總覺得兒子會在前線喪生，所以從家裡出走，在整個以色列到處流浪，就怕在家裡被兒子的死訊一把抓住。全書就是在鋪陳這種懼怕和無奈。現在跟我說清楚，妳到底是怎麼感覺到這種完全看不出來的張力？妳太難懂了！」

「如果有人告訴我，天會變成地，地會變成天，我會無條件相信。」

走到更深的水處，並不特別冷。我沒直接回答G的問題，只顧著說：

「一個世紀前，猶太人急著要回來復國；一個世紀後，又急著要出走。兩千年前被驅逐，兩千年後出於自願要離開。」

「妳要說的是，現在離開，以便去到那個曾經逃離的歐洲？」

「不是嗎？十分之一的人口已經住到國外了，家裡有上一代來自德國、波蘭、捷克的人，想要有歐洲護照。歐盟的國家數增加，想要有、能夠有歐盟護照的以色列人也跟著增加。」

「可是說到保衛以色列，他們也是義不容辭的。」

「當然。他們只是累了。巴勒斯坦人和你們都累了。我就知道有法塔赫的成員抓住機會，去了美國。半島電視台國外部主任，不也打算把孫子送到美國讀書。」

「一般人的內心深處都渴望和平，我們也知道，結束佔領才能得到和平，可是對方的激進份子卻有別的打算。」

「這就是我堅持的，以色列和巴勒斯坦的衝突如果不納入整個中東地區勢力平衡，以及文化思想背景差異的議題來思考，就一定失之偏頗。」

我走了回來。水從腳踝退淹到腳趾。

「全世界都看到，我們撤出迦薩後，巴勒斯坦人做了什麼。他們不忙著建國，卻忙著消滅以色列。哈瑪斯從埃及邊界的地道走私武器，幾乎天天發射火箭彈過來，卻責怪我們對他們圍剿，對他們進行集體懲罰。哪一個國家能夠做到提供對方物資，卻遭到對方攻擊而不還手？哪個國家能夠保證，如果以色列允許迦薩人出境，以色列不會受到更致命的攻擊？前陣子迦薩人不是衝倒和埃及邊界的圍牆嗎，兩天後立刻有這幾年來在以色列境內的第一個自殺炸彈事件。至於哈瑪斯早在行動幾個月前就已經暗地破壞，以便圍牆容易被衝垮的報導，就更不用提了，誰會相信？大通訊社僱用當地人做記者，怎麼可能會有平衡報導？各國媒體的國際版買這些消息，以色列百口莫辯啊。」

「不久前，我在蘇黎世和塔斯談過話，這人曾經是法塔赫的狙擊手。塔斯說，有迦薩人向他表示，希望以色列再回到迦薩走廊，他自己也希望以色列再回去。他還說，迦薩人有很大一部份是外面來的難民，思想較開放。可是哈瑪斯有許多成員是迦薩原住民，有一套和外界差異很大的、非常偏狹的思考方式。伊斯蘭把世界分成兩個部份，一個是伊斯蘭之家（Dar al-Islam），一個是爭戰之家（Dar al-Harb）。在伊斯蘭之家通行伊斯蘭律法，住在那裡的非穆斯林必須接受這套律法。在伊斯蘭的世界觀裡，像以色列這樣的國家，侵佔他們的第三聖地耶路撒冷，不但沒有立足之地，更被看成是『褻瀆阿拉』。也因此，以色列被激進的穆斯林看成是去之而後快的『惡性腫瘤』，是符合他們思考邏輯的。所以問題不僅僅是巴勒斯坦地到底屬於誰的，穆斯林把剔除以色列看成是宗教義務，這才是和平障礙的關鍵。古蘭經第十七章夜遊裡有一段是：我（阿拉）曾經在經典裡啟示對以色列的後裔判決說：『你們必要在大地上兩次作亂，你們必定很傲慢。』……當第二次作亂的約期來臨的時候，我又派遣他們（受阿拉派遣的人），以便他們使你們（以色列）變成為愁眉苦臉的，以便他們像頭一次那樣再入禁寺，以便他們把自己所佔領的地方加以摧毀。……如果你們重新違抗我，我將重新懲治你們。我以火獄為不信道者的監獄。

「還有，哈瑪斯的憲章裡也提到，發動聖戰，把伊斯蘭國家從敵人手裡解放出來，是每個穆斯林的責任，信奉伊斯蘭必須為摧毀以色列而戰。還有，雖然以色列和埃及、約旦都簽有和平協定，只要這兩個國家的激進勢力抬頭，就可能會片面毀約……」

「還有，」G搶著說，「單單是巴勒斯坦地的問題還不至於那麼複雜，這幾年伊朗也進來攪局。美國幫忙除掉了伊拉克的Saddam Hussein，現在伊朗不但可以在海灣一帶伸展四肢，背後還有俄國、中國相挺，至少和美國、阿拉伯聯盟，或美國、以色列聯盟取得平衡。不過，要輸出伊斯蘭革命，要羞辱美國永除後患，還有一個大障礙，那就是我們！只要以色列不存在，中東就是純粹的伊斯蘭淨地；加上伊朗有古波斯豐富的文化遺產，和遼闊土地的天然資源做後盾，要稱霸中東指日可待。這就是為什麼Ahmadinejad不斷放話要把以色列從地圖上抹去的原因，卻忘了，六十年前伊朗是最先承認以色列的國家之一，也曾經和我們有過共同發展飛彈的『花朵計劃』。」

「我不能了解的是，Ahmadinejad在大會堂上以阿拉之名咒罵以色列是死魚、是發臭的屍體時，台下的人居然靜靜地聽教，居然允許一個國家領導人公開倡言另一個國家的死亡！」

「穆斯林從小就被教導猶太人是豬、是猴，認為猶太人是低劣、狡猾民族的觀念早就深植在他們的基因裡了。」

「他們雖然鄙視猶太人，卻對自己沒有信心。半島電視台的新聞總編Ahmed Sheikh就曾經說過：『阿拉伯人有種自卑情結，我們問自己，為什麼老是輸給以色列？我們也非常清楚，只有七百萬人口的以色列可以輕易打敗三億五千萬的阿拉伯人。這個事實嚴重傷害阿拉伯人集體的自尊。在以色列復國的第一天，這個問題就已經存在了。換句話說，即使以色列歸還佔領區，也不會有和平。這就是我們的問題。而西方的問題是，他們看不到我們阿拉伯人的心態和想法。』」

「阿拉伯人相當矛盾，巴勒斯坦的一個政治學者Khalil Shikaki可能是為建國做準備吧，他從一九九六年開始規律地調查巴勒斯坦人最喜歡的政治制度。妳猜結果如何？有百分之八十的巴勒斯坦人喜歡我們的制度，接下來才是美國和法國，而他們自己的政府呢？敬陪末座！」

以色列和巴勒斯坦衝突有解嗎？我只知道，有解的難題是因為沒有情緒的參與。

想得老遠，說得老遠，也走得老遠。該是折返的時候了。

「晚了，回去嗎？」我輕聲問。

「隨妳，我不在意，平時也沒人為我等門……」

一盤沙拉小山一般高，夠兩個胃來裝。吃了大半，再也吞不下，推到G面前，他可是見獵心喜。

＊　＊　＊

G停止了嚼動嘴裡的食物，皺著眉，眼睜睜地看著我，似乎在說：這還用問嗎？

「如果……如果我想去看看呢？」我試探著問。

「去不去都一樣，看報表就夠了。」他不在意地說。

以賞心悅目來形容G吃東西的樣子，應當不為過。

「你不去公司嗎？」我笑著問。

海法外圍，美麗的地中海沿岸。陽光穿透每一寸可以乘載它的地方。不知是先規劃道路才騰出可以種花種樹的區塊，還是先有了鮮花美樹的佈置，才允許車子在其間穿行？在這麼美的道路上前行，迷途了也是甘心。

沿著海岸轉上一個小丘，路的兩旁盡是高級樓宇。車子駛入地上全是鵝卵石的彎道，停在一棟簇新大樓的後庭。只知道G的公司從特拉維夫搬到海法，細節他卻從未提起。我們繞到正門，前廊上挺直站立著幾棵棕櫚。電梯送我們上五樓，長廊裡看不到人、聽不到聲音。

「剛搬來不久，請進。」

走進辦公室，哇！我不禁自轉了一圈，那麼寬敞、那麼明亮的空間。右牆是一整片玻璃，任人俯瞰地中海。大辦公桌後面並排著兩個從天花板到地板的大書櫃。桌上除了電腦，還有五個飛機模型。四周牆角也有七、八個半人高，由白鋼架支撐的飛機模型。

「妳來看看吧。」

G打開左側的一扇門。裡面是張巨大的橢圓形玻璃桌，桌旁有十二張皮製椅，這是個會議室。當我的視線移到牆上時，不禁叫了出來：Hans Erni!

G笑了笑說：「記得當時妳就喜歡這三幅。」

「所以你買回來了！」我脫口而出。

G點了點頭。神情有些沒落。

那是瑞士琉森的一家畫廊。我是去聽音樂會之前，他是和人談完生意之後。互不相識，毫無關聯的兩個人，在同一個時間、出現在同一個地方，故事便從此開始。現在，另一個時間，另一個空間，卻由三幅畫見證了那人和我的瓜葛。這個穿著褶了邊的Polo衫、褪了色的牛仔褲，和他辦公室的派勢完全不搭調的男人正移動他修長的雙腿，自信滿滿地說，只有他才能煮出我需要的咖啡。

「Uri說，他明早沒空和我談。」

我向G揚了揚手機。他端來了兩套咖啡杯，金色的小壺冒著熱氣，香氣氾濫開來。

「哪個Uri?」

「你們的大左派！」

「那個老先生，」G似笑非笑地說，「他比巴勒斯坦人還要巴勒斯坦！」

「我也找不到加比。」

「可能出任務，晚上再聯絡吧。」

G小心地為我倒咖啡。真燙，咖啡倒出時，壺的頂端還嘶嘶作響。

「咦，這是什麼？」

G從我的筆記堆裡抽出一張傳單。

「反拆屋的。」我說。

「這些人大罵那些屯墾居民是大老鷹，他們自己也不見得是小白鴿。他們勢力龐大，注意到傳單上的簡介了嗎？他們還有歐盟的經濟支援。」G提醒我。

「有趣的是，以色列人捐錢給反政府組織，還可以減稅。這政府不就是拿石頭砸自己的腳。」

「民主國家啊！只要不犯法，官方不能干預人民的行為。有些外國人以團體觀光客身份進來參加示威，故意以自己的肉身去擋挖土機，政府也無可奈何。不過，有ICAHD這樣的團體也好，多一層監督。其實政府拆屋原則上有兩個原因，一個是違章建築，另一個是為了配合軍事行動的需要。以色列一直處於戰爭狀態，很多政策是出於軍需或安全的考量。只要是出於這兩個理由，不只是拆阿拉伯人的，連我們自己人的房子也照拆不誤。」

「他們認為拆屋是要讓阿拉伯人因為沒有立足之地而離開，可是我問過了，隨意拆房子而讓阿拉伯人無家可歸，根本不符合政府的利益，為什麼還要這麼做？結果，吱吱唔唔的，沒人答覆我。不過，這段我不明白，」我翻開在伯利恆拿到的，巴勒斯坦人的小冊子，「這是節錄Ben Gurion的話，他說：『如果我是阿拉伯的領導人，永遠不會和以色列談判。這是理所當然的，因為我們侵占了他們的國家。雖然神許諾給我們這個地方，可是這和他們有什麼關係？我們的神，不是他們的。……雖然有反猶、納粹、奧斯維茲，可是那是他們的錯嗎？……』Ben Gurion 的這段話顯示出，他對巴勒斯坦人有許多理解，可是為了建國，『不得不得罪了』，也似乎因此而定下六十年來以色列的政策基調……」

「小心！」G阻止我，「他們斷章取義，原文是，『他們認為，我們侵占了他們的國家』！是Ben Gurion在談論他們的想法，不是Ben Gurion站在他們的立場，替他們說話，而讓人覺得，以色列明知故犯，故意要折磨巴勒斯坦人。」

還好我無意間提出，還好G更正了，否則我不也是魔鬼一個，竟然能給錯誤一個理由！

咖啡杯乾了。我踱到大玻璃邊，俯看海水粼粼，岸邊瘦高的棕櫚搖曳。G跟著來，把手插入褲袋內，玻璃映著他的身影。

「我累了。能不能把故事從頭講一講？」

「事情應該可以從千古懸案『反猶』談起。猶太復國主義的領導人Theodor Herzl原來在維也納唸法律，真正的興趣卻是新聞和文學。十九世紀最後幾年，他擔任『新自由日報』派駐巴黎的記者時，親身經歷了反猶浪潮，認為，要改變猶太人的命運，唯一的途徑就是建立自己的國家。他在歐洲各國奔走，原本英國建議把不列顛東非公司管轄下的烏干達讓出一部份給猶太人復國，後來沒談成。一九一七年英國的貝爾福宣言贊成猶太人在巴勒斯坦地復國。巴勒斯坦在奧圖曼土耳其時代是敘利亞的一省，一次大戰後，這一帶由英國託管，它從來就不是一個國家。

「一九三〇年代開始，由於德國排猶越來越嚴重，有專業技術的、有能力離開的猶太人就陸續到達巴勒斯坦。阿拉伯人在農工商各方面都無法和猶太人競爭，生活越來越困難。從歐洲來的猶太人更是讓土地價格飆漲，英國嚴格限制猶太移民，甚至在海岸線巡邏，一有偷渡上岸的猶太人，立刻逮捕，結果引起猶太人的武力反抗。一九四七年初英國放棄管轄，把巴勒斯坦交給聯合國處理。聯合國原本有巴勒斯坦分割和聯邦兩案，一九四七年末通過分割案，以色列接受，巴勒斯坦人拒絕。

「很多人知道一九四八年在一個小戲院裡宣佈猶太復國的Ben Gurion，卻很少人知道被臨時議會選為總統的Chaim Weizmann。套一個現代的說法，如果Ben Gurion較是鷹派，Weizmann就是鴿派了。Weizmann不在意政府應該有什麼體制，卻注重應該有什麼樣的社會；他希望以色列是中東的瑞士，有高科技、發展觀光、聯邦形態、擁有中立，甚至願意成為大英國協的一員。從Herzl到Weizmann，以色列其實是個『文人國家』，和目前在國際上的形象完全不同。接下來就是半個多世紀以來所謂的以色列和巴勒斯坦衝突。

「以色列是經過聯合國投票決定後才復國。我們宣佈復國的一兩天內就受到阿拉伯聯軍的攻擊。這場戰爭不是我們主動去侵略任何國家，而是以寡擊眾，保衛自己的行為，而且，那時贏了的不只是以色列，約旦得到西岸，埃及得到迦薩走廊。一位巴勒斯坦的政治學者就自己說，阿拉伯國家的失敗，是因為彼此不合作、有私心，並不真的為巴勒斯坦人著想，而是打算從中獲得好處。現在國際上說，佔領西岸是中東和平最大的障礙，卻都忘了，一九四八年戰後，約旦宣佈東耶路撒冷及西岸併入約旦的領土，並給巴勒斯坦人公民權。也就是說，一九六七年前的西岸不僅被佔領，根本是被約旦併吞，是劃為約旦國土的，直到一九八八年約旦才宣佈放棄對西岸的併吞。一九九四年以色列和約旦的和平條約中，兩國的邊界是約旦河，所以，在一九九五年巴勒斯坦自治政府成立之前，以色列對話的對象應該是約旦王室，而不是巴勒斯坦人。

「一九六七年的六日戰爭，我們原先只是要對付埃及，戈蘭高地和西岸的軍事佔領都是無心插柳的結果，直到現在，西岸都不是我們的領土。有些人認為，巴勒斯坦兩千年來就不是一個國家，主權懸浮，以色列是英國託管的繼承者，所以巴勒斯坦順理成章地應該由以色列治理。另外有些人卻認為，以色列不需要把西岸併入領土，因為，阿拉伯人天生就仇視猶太人，和他們合併了，以後他們的人口數超過猶太人，而又依照以色列的民主體制操作時，阿拉伯人不會給猶太人參政的空間，Herzl苦心建立的猶太國便會消失。二〇〇〇年時曾經有個提議，以我們境內的阿拉伯區交換以色列在巴勒斯坦的屯墾區。反對的，居然是那些要被換出去的阿拉伯人；這些人平常為巴勒斯坦人說話，真要讓他們成為巴勒斯坦人了，就又覺得以色列好。

「六日戰爭的勝利，連以色列自己都不敢相信！戰後在蘇丹舉行的阿拉伯首腦會議上，通過對以色列的『三不決議』，不承認、不交涉、不和以色列簽署和平協定。當時我們的外交部長不就說了，這是歷史上第一個戰勝國要求和平，戰敗國要求戰勝國無條件投降的例子。

「巴勒斯坦人在以色列復國前，分別在一九三七及一九四七年兩次拒絕分割案，第三次是一九九三年的奧斯陸協議，哈瑪斯不願承認以色列，恐怖行動更加劇烈；第四次是在二〇〇〇年，拒絕以色列歸還全部迦薩及百分之九十六的西岸，甚至願意和巴勒斯坦分治耶路撒冷的提議；當時在難民問題上，以色列承認帶給巴勒斯坦人物質上的短缺，一部份難民可以回到原來的家園，其餘的，可以得到總計三百億美元的補償，可是Arafat拒絕這個提案。原因可能就像當時美國也參加談判的Ross所說的：衝突一旦結束，Arafat的政治生涯也跟著結束。可怕，但願Ross的看法是錯誤的。『半島』電視台的編輯Faisal Bodi在英國衛報上寫過：阿拉伯人的想法是，以色列沒有生存的權利，即使是一張郵票大小的領土也不可以有！」

「現在國際指責以色列對黎巴嫩進行不平衡戰爭，這個『不平衡』字眼根本是不懂安全議題、不懂軍事的記者彼此抄襲後到處泛濫的結果。評斷一個戰爭要以目標和達成目標的手段來衡量，也就是達到目標與使用手段之間是否有適當比例。是不是對等、平衡，並不是以某一方用了比對方更多或更少的槍礮、子彈，或者是某一方的死傷比另一方較多、較少來衡量，而是，手段的運用是否超過或不足所要達成的目標來決定。真主黨的目標是要消滅以色列，我們只可以去騷擾一下就回家嗎？

「媒體大量報導以巴紛爭，卻少有其他受壓迫民族的消息，因為以色列是個民主國家，西方記者容易生存，也因為長期以來，這些記者落入了『加害者、受害者』的圈套，延著這條主軸分析、以『以色列強佔土地，造成巴勒斯坦人生活痛苦』的角度觀看每個事件，只要能填滿國際版版面，就有了交代，多方便！以色列和巴勒斯坦衝突早就是個新聞產業，有上中下游完整的生產線。讀者時常可以讀到以色列軍隊殺了多少小孩、青少年，人人為這些年輕生命叫屈，卻沒思考，阿拉伯世界的人口結構和西方很不一樣；以迦薩做例子，十四歲以下的人口佔百分之四十幾，二十五歲以下的，佔百分之六十多。電視上常看到的是，巴勒斯坦人抬著孩子的屍體抗議。不是我心硬，孩子的死亡，一個都太多！可是，長久以來整個世界好像都在同一個模式裡打轉……」

G說了許多，我安靜地聽。這些歷史片段一旦接續起來，更顯得沉痛到了極點。不忍心打斷，讓他盡情說個夠，直到他自己累了。

「知道嗎，你說的這些，幾乎每一個項目都有其他的看法。」我說。

「當然。不懂的、似懂非懂的、深入了解的，十個人有五十種說法，一百個人有一萬種說法。這就是所謂的中東問題。」

「阿拉伯國家並沒對巴勒斯坦人伸出援手，卻只利用他們做為攻擊以色列的有力手段。所以哈瑪斯必須停止革命行動，必須轉型，必須參加建國。倫敦的阿拉伯報紙Al-Awsat曾經刊出過一篇文章，認為哈瑪斯應該致力於把迦薩建設成另一個新加坡，而不是讓它成為賓拉登在阿富汗躲藏的Tora Bora山洞。」

「妳想，可能性有多大？」

G走上來圍住我肩頭。遠處海上的船隻像是被釘在了天際。

＊　＊　＊

「怎麼樣，他怎麼說？」

我焦急地要找軍方聯絡人加比安排和少校的談話，G幫忙打通了電話，就不知道結果如何。

「看吧，就像我說的，他出任務去了，一整天在直昇機裡，難怪妳聯絡不上。他說，Avital非常忙，明天早上不能在特拉維夫見面，可是她兩小時後會打電話來。」

巴勒斯坦的恐怖份子身綁炸彈，專對一般以色列人下手，以為從此可以上天堂找處女。當慫恿人做烈士的伊斯蘭神長被問到，殺害以色列無辜者是否觸犯教義時，他們的答案是「以色列人不論男女遲早都是軍人，我們不殺無辜」。這種荒謬性與烈士魂的大結合豈不令人啼笑皆非！以色列軍隊是訓練有素的正規軍，不能以一般民眾為槍靶，出兵有一定的程序，除了有關單位的許可之外，還必須通過最高法院嚴厲的司法覆審。我要知道的是，針對國際社會指責以色列為美國打不平衡代理戰爭的說法，以色列軍方如何辯駁。

「已經很晚了，希望妳已回到家。」

Avital依約來電。只是電話那頭有許多雜音，很難知道對方的所在，我也就隨便說兩句。

「還沒，就快到了。」

我心想，但願這次不是像前幾年電話訪談Saddam Hussein的首席律師那般，那時他一邊開車，一邊透過手機和我談。他緊張，我也不舒服。

「……妳應該也知道，以色列的國際形象並不理想，特別在西歐。」

我簡單介紹自己之後，便不很客氣地問，卻有把握，和一個「專職」人員談話，只有直來直往才不會浪費彼此的時間。

「沒錯。俄國把以色列的軍事和政治分得很清楚。他們稱讚我們有專業的高效率部隊、科技先進、空軍精良。美國也有類似的說法。」

「不會吧，美國媒體也有相當刺耳的聲音。」

「的確。有自由主義的，也有學生的觀點。西歐的問題在於，他們把政治和軍事議題混為一談。以色列軍隊不是要消滅或統治對方，而是要自保、求和、並存。」

「怎麼事先知道對方就要發動下一波的攻擊？」

「我們從空中、從地面、從對方不同形態的媒體搜集資料、研判、分析。」

「不只這些吧，應該也有人員的滲透？」

「這是情治單位的工作，我不清楚。」

真不愧為發言人，一句話就可以撇開可能的關聯。

「對黎巴嫩的攻擊是場不平衡戰爭的說法，妳有什麼解釋嗎？」

「那是種非常棘手的城市戰。真主黨戰鬥人員沒有制服，藏身在市鎮裡的一般民宅，武器可以放在地下室或房間裡，這種不知道敵人在哪裡的情況只能靠情報提供訊息。我們在攻擊前會透過傳單、電話，呼籲一般民眾疏散。迦薩的哈瑪斯也非常清楚我們的弱點，他們把群眾集合在高樓的屋頂，我們的飛行員根本無法投彈。妳知道伊斯蘭婦女所穿的大袍吧？那是小形、輕形武器的理想掩護體。我們是法治國家，對方任何不按牌理出牌的方法，都可以輕易被利用來攻擊我們，都讓我們難以招架。」

原本就知道第二次黎巴嫩戰爭時，由於敵人所在不明確，以色列在攻擊前以各種方式告知民眾疏散。曾經有西方記者在清晨睡夢中接獲應該迅速撤離的電話通知，現在就由Avital證實了。

「那麼極具爭議的隔離牆呢？」

「隔離牆是個錯誤的概念，正確的說法是安全圍欄。目前四百多公里的圍欄中，只有百分之三是國際媒體最有興趣的水泥牆，就建築在自殺炸彈出現最多的地方，其他部份只是鐵絲網欄柵。」

「我記得第二次巴勒斯坦的石頭革命後，自殺炸彈攻擊在以色列境內似乎隨時隨地都會發生。」

「沒錯。那時候我們根本無法正常生活。在公車上、在餐廳裡，在上學、上班的路上隨時會遭到不測，沒有人知道自己是否能活著回家。所以我們採取三個措施，第一個是安全圍欄，第二是檢查站，第三是逮捕製造、攜帶武器的，以及策動攻擊的巴勒斯坦人。」

「檢查站也是受到詬病的項目之一，把西岸人行路的權利切割得支離破碎，對生活是很重大的搔擾。」

伯利恆隔離牆

「我們也幫他們修築新路啊，為什麼沒人提起？還有，我們曾碰到過十四歲的少年、七十八歲的老太太、二十九歲的律師等等，企圖攜帶炸彈偷渡。任何年齡、任何職業的人，我們都不可以輕忽，我們的任務是保衛國家安全。這三管齊下的結果，自殺炸彈幾乎消聲匿跡，證明這些措施是可行、有效的。」

「我唸段巴勒斯坦的報告給妳聽：二月份一共有一百七十二件公共或私人財物遭受損毀、沒收的報告……以色列軍隊損壞Hebron一所學校裡的窗板，在Ramallah、Jenin等地損壞民眾的房子……對於這些控訴，妳有什麼說法？」

「我說過了，以色列是個法治國家，任何遭到不公平待遇的人都可以求償。巴勒斯坦人在以色列法院提出告訴並得到補償的例子，都有記錄可查。」

那麼為美國代打的說法呢？Avital表示，政治議題不在她的職責範圍內，無法回覆。至於以色列是否先下手為強，採用先發制人的預防戰，她並沒正面回答，只說，以色列由欲置它於死地的伊斯蘭國家環繞，她反問，如果台灣處於以色列的情況會採取什麼行動？

和Avital談完，按下電話，我看著自己在筆記本上的雜亂記錄。發愣了一會兒，走出房間時，G已坐在沙發上等我。

「滿意了嗎？任務達成了？」他問。

「不是什麼任務，純粹出於好奇，我已經厭倦媒體上那些想像出來的陰謀論，自己直接找答案比較放心。」我倚著書架答。

Bony一骨碌竄到腳邊來。

「放心什麼呢？我們的衝突和妳的生活有什麼關係？」

這一問把我怔住了。以色列是個數著日子生存的國家，難道只是因著它符合我對生命短暫而密集的要求？

「有時我想，當初如果把我們放到烏干達去，就沒有現在的問題了。」G似乎在喃喃自語。

「還是選個太平洋上的無人島吧，你們是在冰山上也可以種出花朵來的民族，有個天然屏障，疆域清楚，就不會有是非纏身。」

G一聽，笑了出來。

「真喜歡妳愛編故事、愛做夢。」

G拍拍他身邊的空位，示意我坐下。

「開始說吧，是什麼樣的一個島？」

這人，嘴角微笑著，眼裡，卻泛著淚光。

「首先，沒有Negev沙漠，沙灘不一定要平整，Rosh Hanikra的礁石卻不可以少，海水必須藍，房子必須白，還有很多很多漂亮的人在一起數星星……」

屋裡的燈光昏黃，Bony躺在腳邊，不知什麼時候開始下起雨來了。在一個安靜的晚上，兩個成年人帶著一隻狗，編織著孩子們才會有的夢。夢裡只有歡笑，沒有憂傷……

週一的早晨。不讓那人送行，因為一輩子學不來道別。天氣不太熱。火車遲到一刻鐘。隔旁的美國男女青年愛說話。

飛機沖天。座椅前螢幕裡的兩個男人在雪地裡行走。我矇矇睡去。夢裡G問我為什麼要這麼折磨他……那個阿拉伯司機不斷地說，女人只有兩條路可走……我在一個吵雜的舞廳裡聽到有人高歌，曲調悲涼，令人心酸……

國家圖書館出版品預行編目

拜訪壞人：一個文學人的時事傳說 / 顏敏如著
. -- 一版. -- 臺北市：秀威資訊科技,
2009.09
面； 公分. --(語言文學類；PG0276)
POD版
ISBN 978-986-221-277-6(平裝)

857.85 98013984

語言文學類 PG0276

拜訪壞人── 一個文學人的時事傳說

作　　　者 / 顏敏如
發　行　人 / 宋政坤
執行編輯 / 林世玲
圖文排版 / 郭雅雯
封面設計 / 陳佩蓉
數位轉譯 / 徐真玉　沈裕閔
圖書銷售 / 林怡君
法律顧問 / 毛國樑　律師
出版印製 / 秀威資訊科技股份有限公司
台北市內湖區瑞光路583巷25號1樓
電話：02-2657-9211　傳真：02-2657-9106
E-mail：service@showwe.com.tw
經　銷　商 / 紅螞蟻圖書有限公司
台北市內湖區舊宗路二段121巷28、32號4樓
電話：02-2795-3656　傳真：02-2795-4100
http://www.e-redant.com

2009 年 9 月　BOD 一版
定價：300 元

讀者回函卡

感謝您購買本書，為提升服務品質，請填妥以下資料，將讀者回函卡直接寄回或傳真本公司，收到您的寶貴意見後，我們會收藏記錄及檢討，謝謝！
如您需要了解本公司最新出版書目、購書優惠或企劃活動，歡迎您上網查詢或下載相關資料：http:// www.showwe.com.tw

您購買的書名：______________________________

出生日期：________年________月________日

學歷：□高中（含）以下　□大專　□研究所（含）以上

職業：□製造業　□金融業　□資訊業　□軍警　□傳播業　□自由業
　　　□服務業　□公務員　□教職　□學生　□家管　□其它_____

購書地點：□網路書店　□實體書店　□書展　□郵購　□贈閱　□其他

您從何得知本書的消息？
　□網路書店　□實體書店　□網路搜尋　□電子報　□書訊　□雜誌
　□傳播媒體　□親友推薦　□網站推薦　□部落格　□其他__________

您對本書的評價：（請填代號　1.非常滿意　2.滿意　3.尚可　4.再改進）
　封面設計____　版面編排____　內容____　文／譯筆____　價格____

讀完書後您覺得：
　□很有收穫　□有收穫　□收穫不多　□沒收穫

對我們的建議：______________________________

____

____

____

請貼
郵票

11466
台北市內湖區瑞光路 76 巷 65 號 1 樓
秀威資訊科技股份有限公司 收
BOD 數位出版事業部

....

（請沿線對折寄回，謝謝！）

姓　　名：____________________ 年齡：________ 性別：□女　□男

郵遞區號：□□□□□

地　　址：____

聯絡電話：（日）____________________（夜）____________________

E-mail：____